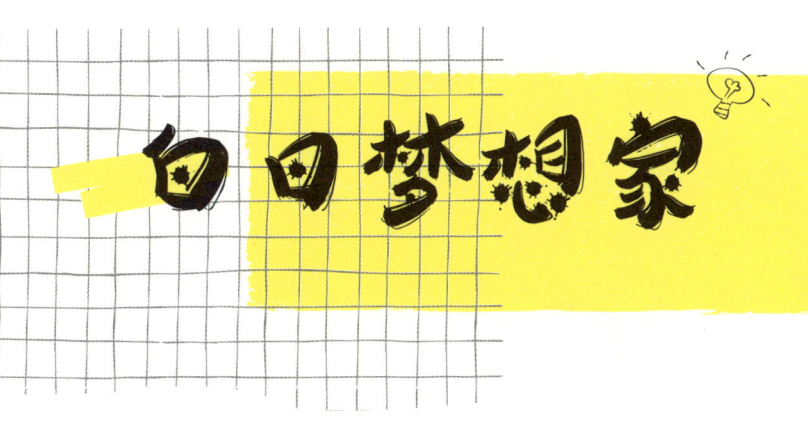

白日梦想家

长江出版社　漫娱图书

做个梦吧，让梦想起飞。

听说小孩子才做梦?

不，你也可以。

序：白日做梦，灵感无涯。

嘿，你好呀。

这是一本神奇的灵感碎片书，

~~做梦时专用~~。

在这里，你所有稍纵即逝的灵感都会被收藏。

你需要做的，仅仅只是放飞想象。

现在，让我们来试试吧！

▶ 1.这是一本什么样的书？

这本书是你收集灵感，记录灵感，创造灵感的小小礼物盒。

在这本书里，有随时可写、随时可玩的150条头脑风暴小任务，它们将帮助你收集生活中和想象里关于世界观、人物、事件等一切可以创作的素材，即使再小的灵感都将会为你的小说创作增砖添瓦，所以不要害怕写错、写得不好，请认真对待它们，并随心所欲地创作吧！

在本书的最后，你可以从前面挑选出任意所需的灵感，把它们放进你的小说框架里，再为自己的创作润润色，想书名、设计封面、写上寄语……一本属于你自己的小说就诞生啦！

▶ 2.可以在什么时候玩这本书？

你可以利用的时间有：刷牙、看小说、发呆、等电梯、睡前醒后、上网、坐车……

▶ 3.可以怎么玩这本书？

涂鸦、写作、剪贴画、抽签、转盘、与朋友合作……用任何可以展现你创意的方式去玩它，与自己来一场超级头脑风暴！

预祝每一位梦想家玩得开心!

灵感调色盘

你希望你的灵感碎片充满了：

天马行空	逆袭	爆笑	童话
人物	紫色	黑色	虐恋
故事	金手指	万万想不到	校园
段子	反转	打怪	好兄弟
自由	大团圆	宫斗	玄幻
想象力	红色	宅斗	历史
绝美的爱情	悲剧	神仙世界	快穿
游戏	悬疑	种田	末日与生存
高手	恐怖	绿色	大乱斗
逻辑	脑洞	肥宅	武林侠客
			克苏鲁

圈出你想要的感觉，

在这里补充上其他你想写的：

灵感风暴

在这里，你可以涂写、绘画、写出来又划掉……

用任何你愿意的方式填满这张纸，

别担心，没人会看到你天马行空的想法。

动手吧，少年！

NOTES

目录

灵感锦囊 NO.1 015
人物创造室

灵感锦囊 NO.2 089
奇妙世界观

灵感锦囊 NO.3 147
情节发动机

NO.4 213
梦想创作园

NO.5 247
梦想的礼盒

创造 TA 们

CREATE

人物创造室

自己亲手创造的人物
是最有灵魂的。

关于你

请几个好朋友说出对你的印象关键词, 外貌、性格、特长等等都可以, 把它们记在这一页。

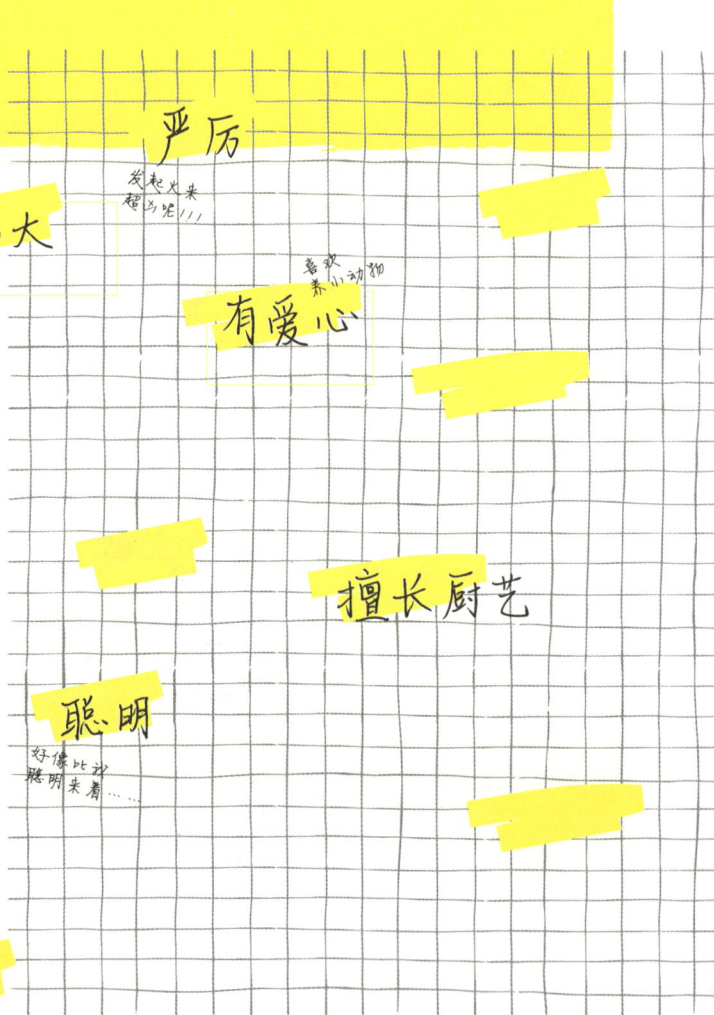

严厉

发起火来
超吓尼///

高大

喜欢
养小动物

有爱心

擅长厨艺

聪明

好像比我
聪明来着……

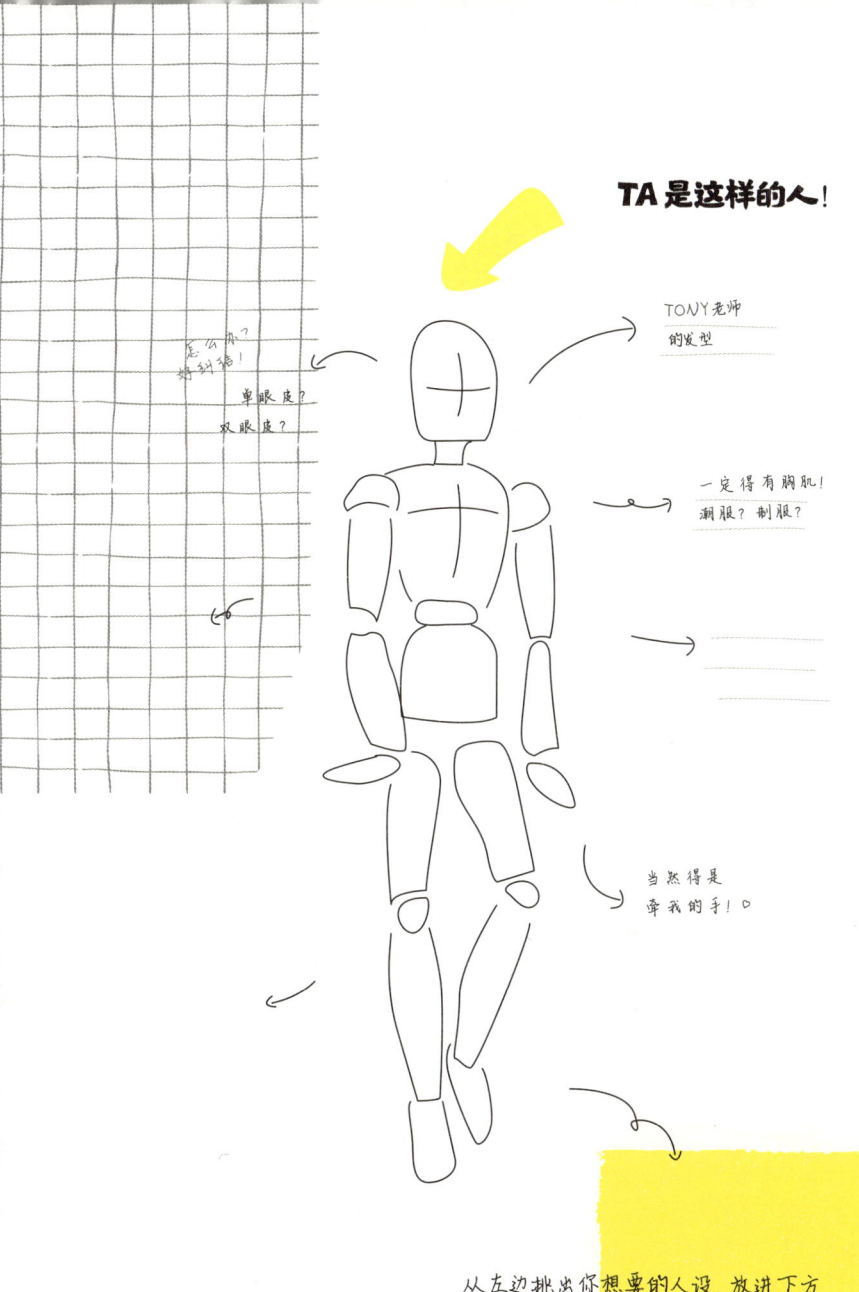

TA 是这样的人!

TONY老师
的发型

怎么办？
好纠结！
单眼皮？
双眼皮？

一定得有胸肌！
潮服？制服？

当然得是
牵我的手！♡

从左边挑出你想要的人设，放进下方
的小人中，让他"活"过来，拥有自
己的特质。

关于TA们

打开你的手机通讯录/微信/QQ……再用几个关键词分别形容你
最常联络的十个亲朋好友。

啧！居然没异性朋友……啊啊啊啊！！！

只有公众号知道我的生日！

通讯录
Q 搜索

通讯录
Q 搜索
C
菜青虫
采花大盗
D
丁小猫
第一帅
嘀嘀
F

假的?!

通讯录
Q 搜索
天王盖地虎
快来，就差你了
女王陛下
命令你三分钟内出现，否则

通讯录
Q 搜索

消息
Q 搜索

花呗   17:44
提醒还钱啦   1
塑料闺蜜   16:55
姐妹 a：快看我的自拍   99+
新番无敌   12:05
团长：……   99+

消息
Q 搜索

而TA又是这样的人

从左边的关键词中选择三个，画出三个人设迥异的角色，尽量突出不同的特征，让他们拥有不一样的有趣的灵魂吧！

CharacterA

1

2

3

1

2

3

CharacterB

CharacterC

1

2

3

你喜欢怎样的性格

在下方圈出你喜欢的性格，并补充上你想写的：

腹黑

纯真

傻白甜

没有感情的机器

玻璃心

冰山

爱小动物

小甜甜

善良

万事通

逻辑王者

钢铁耿直

冷静

机智

温柔

高贵优雅

神秘

阳光

狡猾

完美主义

随和

老好人

懦弱

有主见

敢爱敢恨

~~见机灵~~

见机灵

深藏不露

阴险狡诈

淡漠

老干部

乖宝宝

无法形容

人见人爱

天然呆萌

风风火火

九曲十八弯

嘴甜心善

在空白处补充上其他你想写的:

创造TA吧

在下面的小人上用你想要的任何方式 (写、画、标注、贴图……)
创造一个人设,TA穿着什么? 长什么样? 有什么特点? 神情
动作是什么? 你希望TA是正派还是反派?
表现TA的样子和特征,为TA赋予灵魂吧!

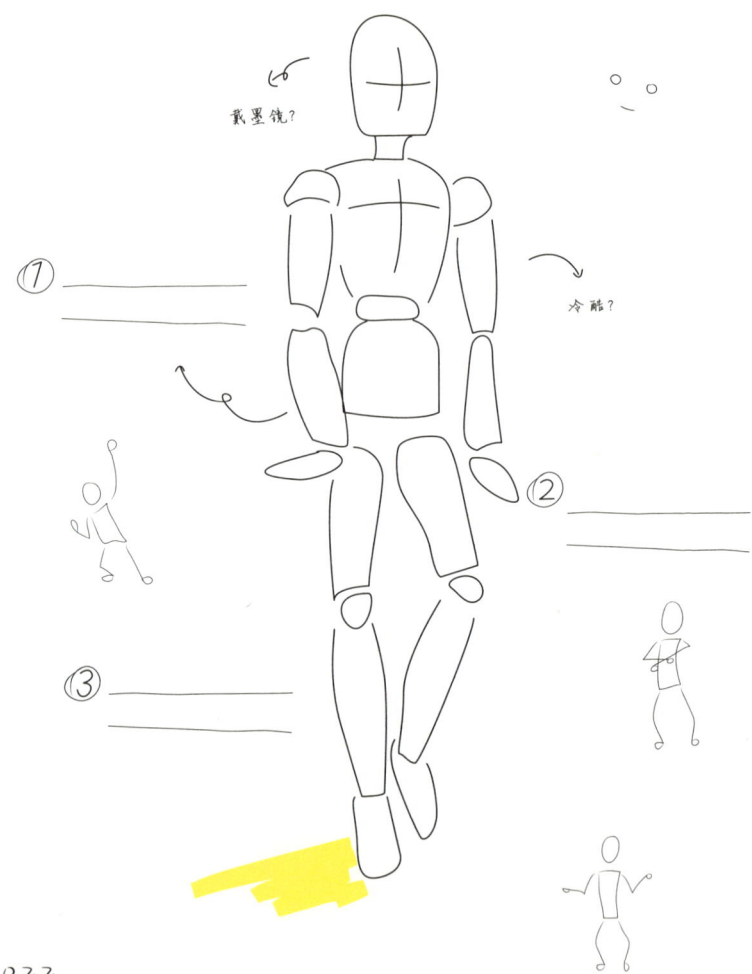

拖鞋？
短裤？
还是比基尼？

穿着

八字胡？
络腮胡？
没胡子？

长相

紧张？
轻松？

神情动作

初出茅庐

你想象中的角色刚登场时是怎样的？圈出你感兴趣的设定，当然，
你还可以补充。

深造回国
被施魔法

天选之子
穿越落地

快要饿死
遇到真爱

身怀绝技
可怜巴巴

超凡脱俗
一个菜鸡

金光闪闪
可爱又迷人

丢出家门
准备逆袭

浪迹江湖
坐拥天下

白日梦想家

1. 《玩坏这本书》
2. 《玩坏这本书·爱死这本书》
3. 《玩坏这本书·拯救强迫症》

颠覆传统阅读，撕、剪、涂、画、折……
超强解压神器，让你将坏情绪一网打尽！

漫娱图书
SINCE BOOKS

BENKU

是书，也是笔记本

 一本言色·万般皆酷

01.《我想成为有趣的人》

02.《土味情话》

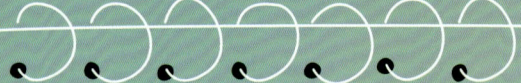

融合了书本的丰富内容与笔记本的记录功能，让你在阅读的同时，享受记录的便利。

你的灵感

登场转盘

选择上一个任务中10~15个你最感兴趣的设定，把它们填充进下方的转盘里，用笔或其他道具当指针，最后你选中了的登场形象是： _____

_____

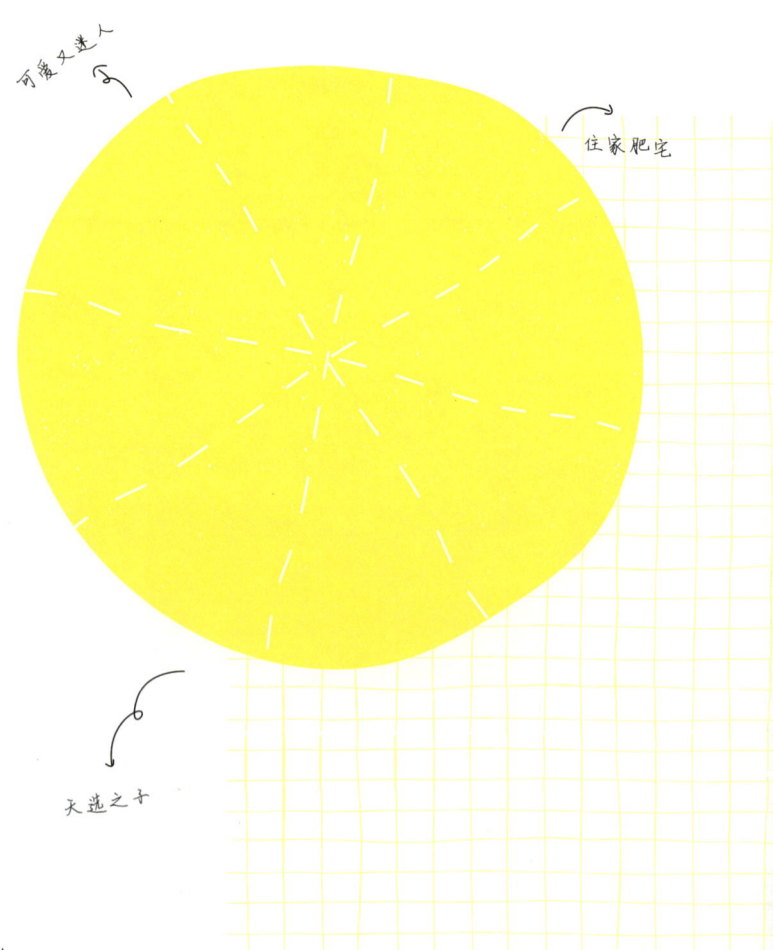

有缘人选人

住家肥宅

天选之子

神奇角色登场

从左边的关键词中选择三类, 用简笔画的形式画出三个人设迥异的角色, 尽量突出他们不同的特征, 让他们拥有不一样的有趣的灵魂吧!

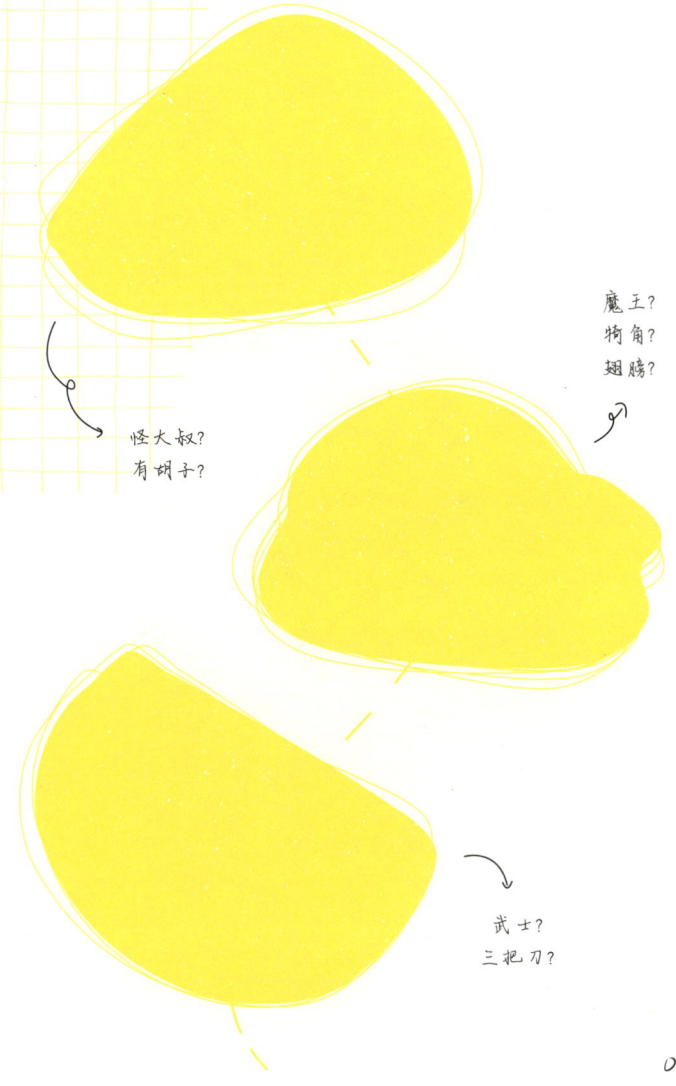

魔王?
物角?
翅膀?

怪大叔?
有胡子?

武士?
三把刀?

灵感锦囊

看新闻、小说或听人讲故事时，留意那些坏人的特性，他们一般是怎样的性格？有怎样的行为？长相打扮又有什么特点？动机是什么？

记下你所看到的任何关于"坏人"的信息！

戴墨镜

戴墨镜

鸭舌帽

长风衣

我是大反派

从上一页中圈出你觉得最典型的坏人特征作为原型，描绘TA
出场时的样子，着重体现他的神态、语言、动作哦！

出场的样子

帅气？
猥琐？

凶狠…

神态

温柔？

语言

粗鲁？

动作

反派肖像

设计出一幅反派的肖像。

戴着面具?
长头发?

创造TA吧

在下面的小人上用你想要的任何方式（写、画、标注、贴图……）创造一个人设，TA穿着什么？长什么样？有什么特点？神情动作是什么？你希望TA是正派还是反派？

表现TA的样子和特征，为TA赋予灵魂吧！

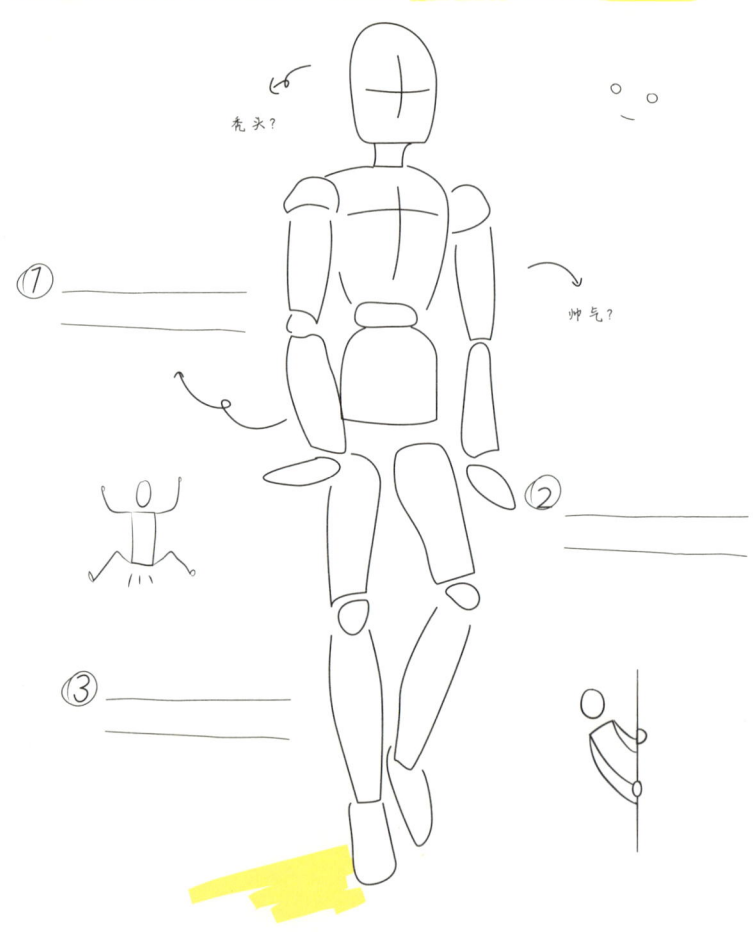

秃头？

帅气？

① _____

② _____

③ _____

风衣？
背心？

穿着

络腮胡？
清秀？

长相

温柔？
和蔼？

神情动作

033

一眼击中你

闲暇时都做些啥？聊天、打游戏、躺着刷手机？

在这一页记录下那些一眼击中你的昵称、备注、ID等等，比如：

王大锤，多喝烫水，一根呆毛，我是XX的小饼干……真人姓名、

电视剧或小说里的沙雕名字也是可以的哟！

郝泽宇

婕拉

看到我请喊我去做卷子

福子

花式取名

随意编取人物名字，什么风格都可以，几个字都行，古今中外、
虚拟现实……以你喜欢的方式填满下方这页纸。

昨天 前天大大前天

钮钴禄·瓜皮

小弈

世界上的一百种职业

在框里记下现实中你能想到的职业，比如007、黑帮老大、牧羊人；再写下你想象中的虚构职业，比如宇宙美食家、海怪驯养员。填满这页纸。

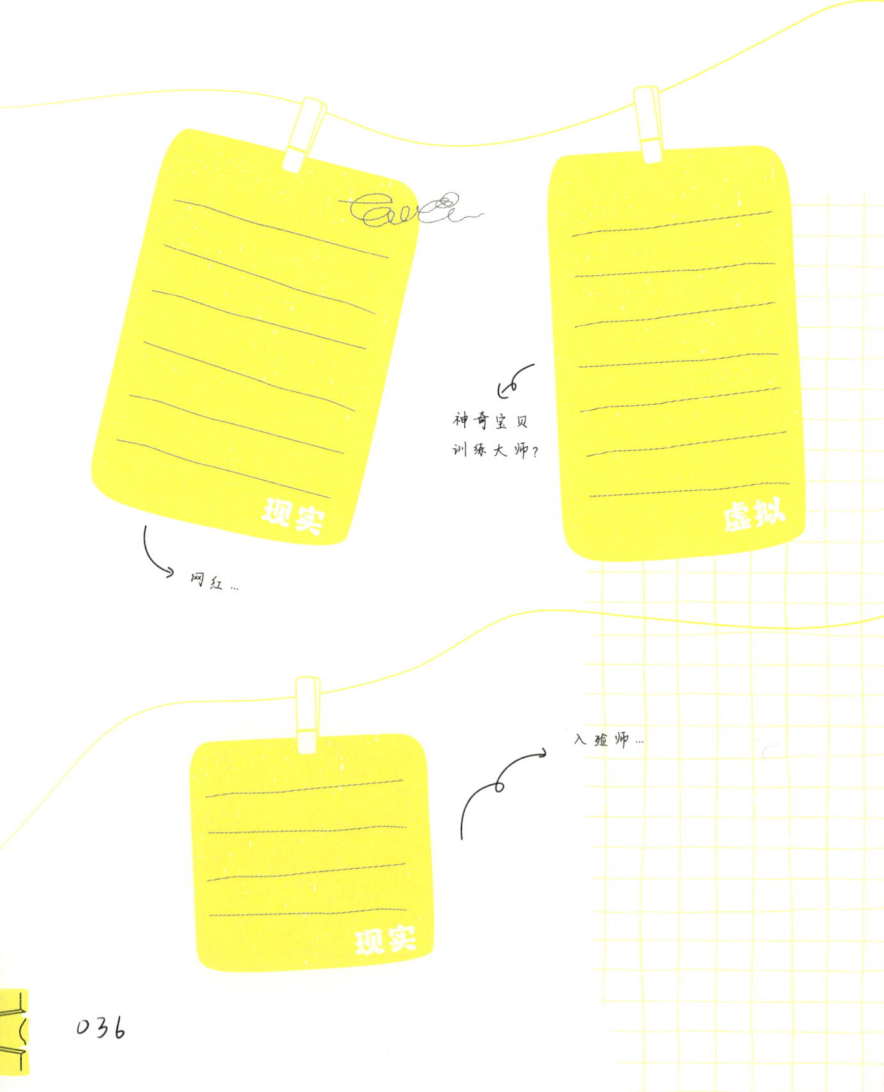

神奇宝贝
训练大师？

现实

虚拟

网红…

入殓师…

现实

伐木工…

星际猎手?

屠夫…
医生…

037

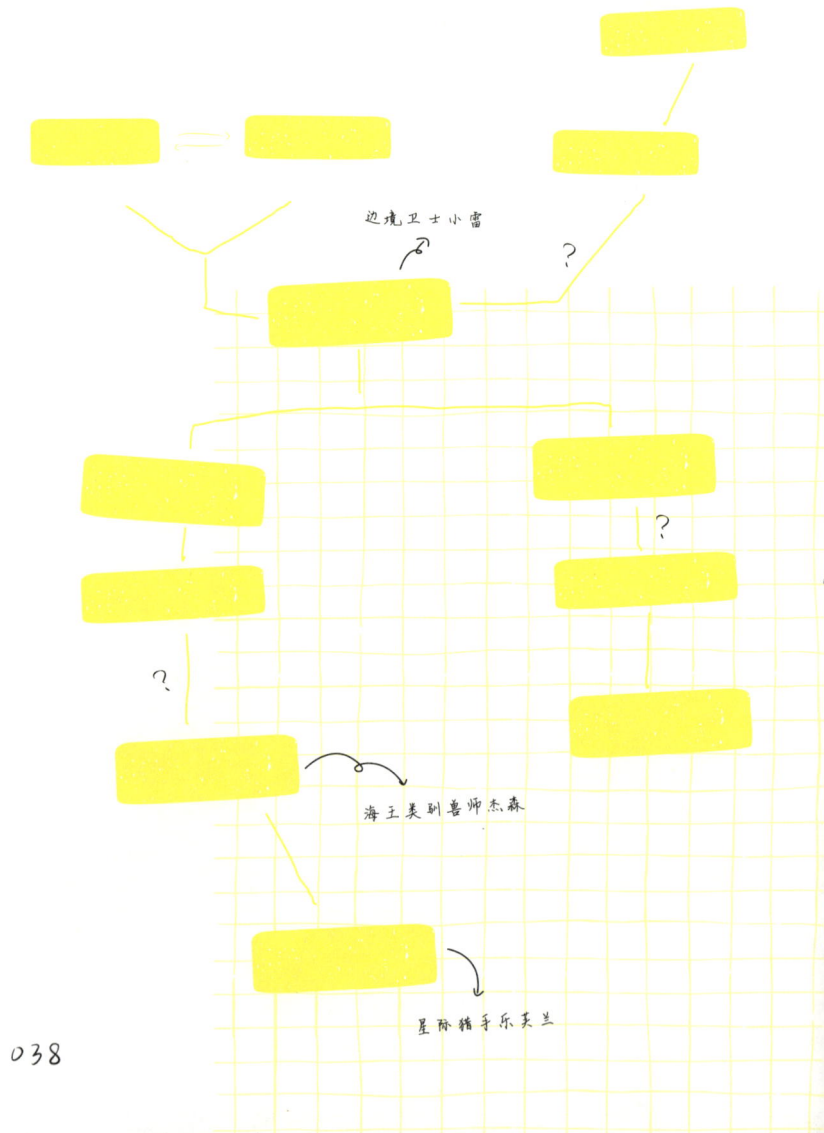

人物树

从前两个任务中随意组合名字和职业，填进人物树中。比如：宫廷御厨王大锤。

边境卫士小雷

?

?

?

海王美驯兽师杰森

星际猎手乐天兰

假如左边的人物树中有你故事中全部的人物,圈出一个作为主角,
再圈出几个作为配角,补充在这一页的框内。(同伴、反派……)

海主美驯兽师
杰森

正派

? ? …

反派

星际猎手
乐芙兰

间谍

? ? ?

中立

瞧瞧这是人说出的话吗

你知道哪些好玩的梗或段子？

"你怎么扛着品如的衣柜啊""幼小可怜又无助""姐姐可，妹妹也可"……

在这一页记录下那些有趣的句子吧，你可以把它们当作自己小说角色的口头禅。当然，欢迎你大开脑洞，自己写几句哟！

我不要你觉得，
我要我觉得。都听我的！

花式匹配

在前面的任务中选择你最喜欢的几个昵称和关键词, 连成一句介绍人物的话。

你将得到一个绝对好玩的设定, 如: 我叫王大锤, 机智又美丽, 人称 "一根呆毛"。我是个游泳天才, 最爱做的事就是多喝烫水, 我的口头禅是: "真香。"

在这一页随意匹配, 写下属于你的脑洞组合。

我叫王大锤

机智又美丽.

注入灵魂

从上一页中选出几个你觉得有趣的人设（无论正邪），为TA注入灵魂。

TA的隐藏身份是什么？有什么技能？不为人知的弱点是啥？见到喜欢的人会怎样？有哪些成功的经历？……

用你最华丽的语言描绘TA的人设，在这一页大开脑洞吧！

白天他是一个商人
背地里却搞这种事！！！

昨天还在捡垃圾
今天就中几个亿

创造TA吧

在下面的小人上用你想要的任何方式（写、画、标注、贴图……）创造一个人设，TA穿着什么？长什么样？有什么特点？神情动作是什么？你希望TA是正派还是反派？

表现TA的样子和特征，为TA赋予灵魂吧！

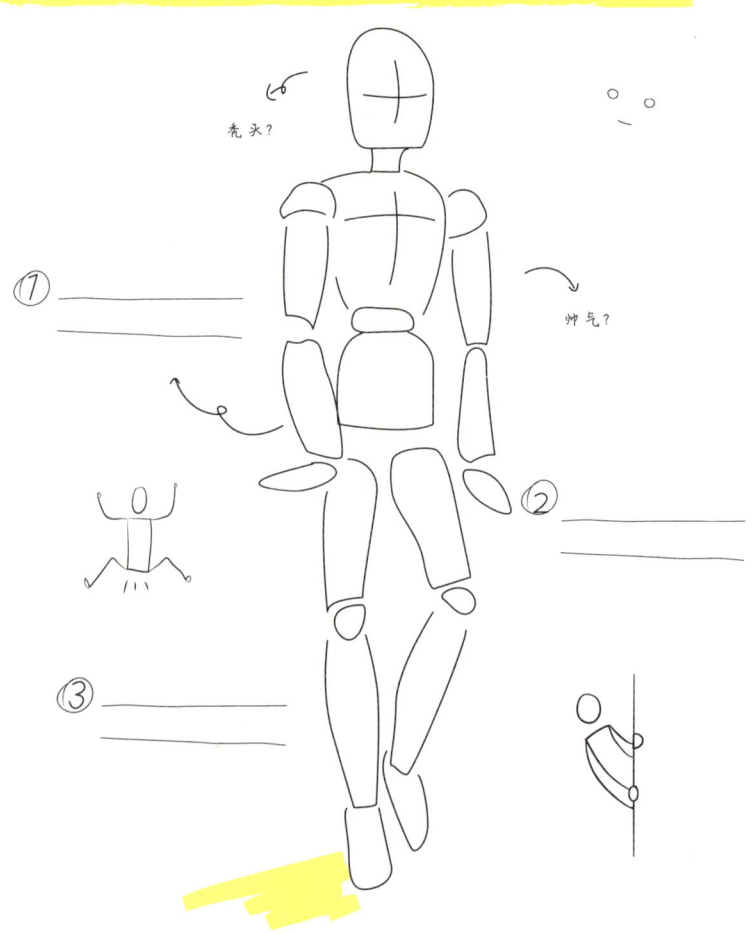

秃头？

帅气？

① _____

② _____

③ _____

风衣?
背心?

穿着

络腮胡?
清秀?

长相

温柔?
和蔼?

神情动作

047

登场台词

　　为你的角色设计一句超震撼的登场台词。你可以从看过的作品、别人的口头禅等里面找灵感，填满这页纸。

把我的意大利炮拿出来

我是要成为海贼王的男人

的嘿嘿嘿～

真相只有一个!

贴上TA的样子

在这一页把你觉得符合你想象中角色的动漫或小鲜肉的照片剪下来，贴在这里。

小鲜肉?

动漫男神?

新一?

路飞?

邓伦?

佐助?

051

最爱物 Top 10

列下你最喜欢的十件事物，可以不是现实存在的东西哦。

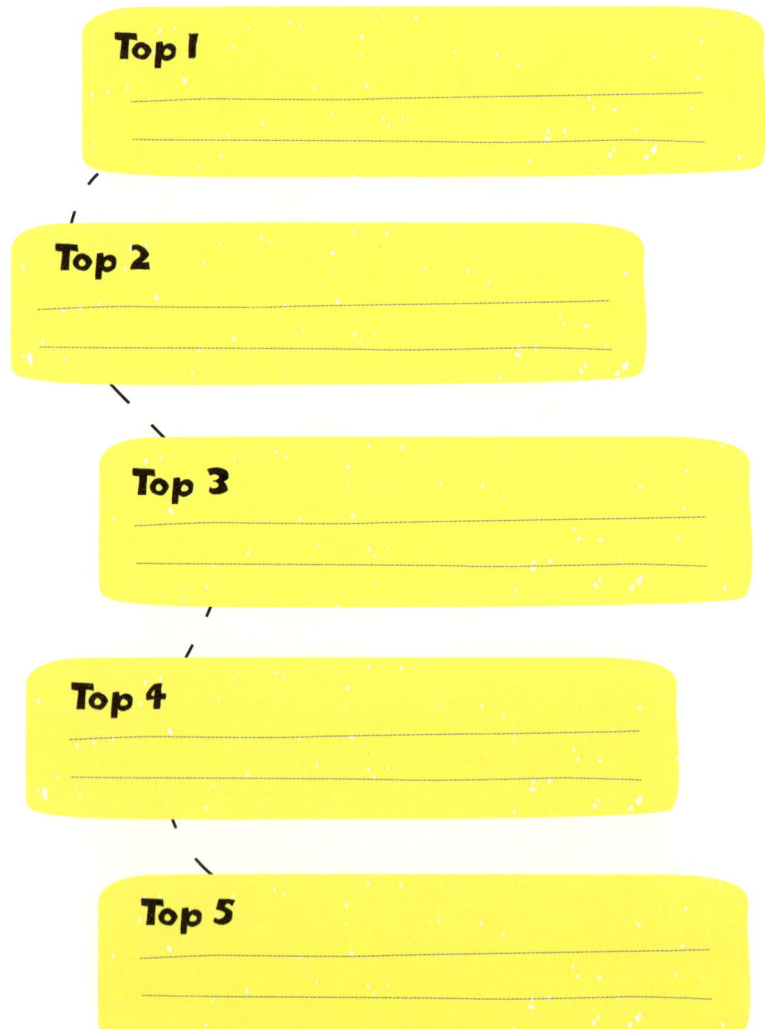

Top 1

_____

_____

Top 2

_____

_____

Top 3

_____

_____

Top 4

_____

_____

Top 5

_____

_____

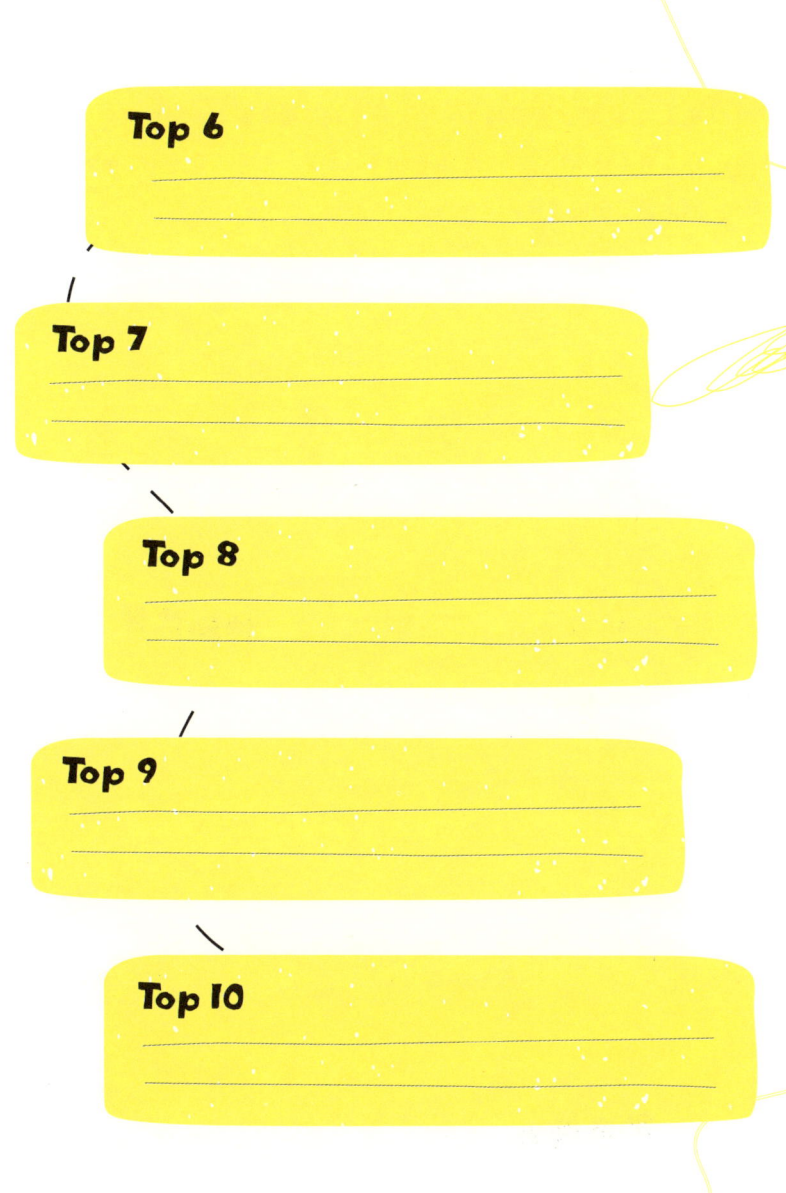

Top 6

Top 7

Top 8

Top 9

Top 10

天降之选

想象一下，你突然获得了一个天降宝物、神奇能力或神秘伙伴，你希望是什么？你可以从最爱物中找灵感，也可以另想，大开脑洞丰富下面的方框。

神秘伙伴

神奇能力

我的脑洞

天降宝物

关于天降之选的脑洞

在上一页的三栏中各选出一样，你的选择是：

＿＿＿＿＿ ✕ ＿＿＿＿＿ ✕ ＿＿＿＿＿

以TA们为组合，画下这个拥有一切的角色现在的样子！

小鲜肉？

动漫男神？

细节

创造TA吧

在下面的小人上用你想要的任何方式（写、画、标注、贴图……）创造一个人设，TA穿着什么？长什么样？有什么特点？神情动作是什么？你希望TA是正派还是反派？

表现TA的样子和特征，为TA赋予灵魂吧！

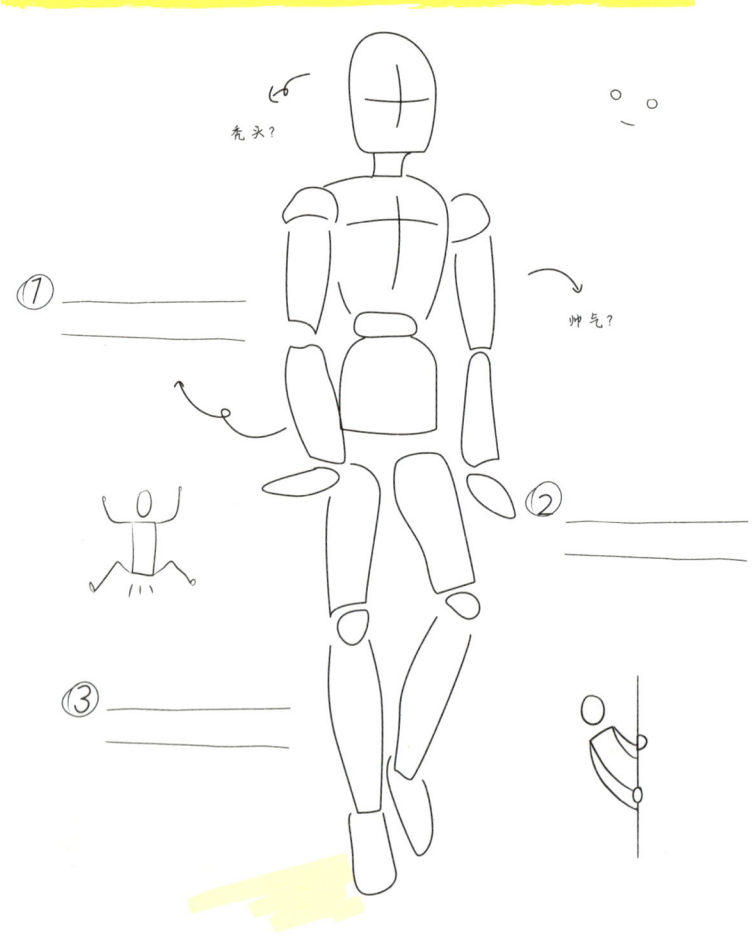

秃头？

① _____

帅气？

② _____

③ _____

风衣?
背心?

穿着

络腮胡?
清秀?

长相

温柔?
和蔼?

神情动作

灵感捕捉

结束了一天的工作or学习,终于可以咸鱼瘫啦,刷微博豆瓣盘
CP? 看小说? 玩手游? 追剧?

留意看到的人物,记下任何你从他们身上得到的灵感,一个人名,
一段口头禅, 一种打扮, 一种长相, 一种性格……

从上一页中圈出关于人物衣着、外表的信息，你可以用不同颜色的笔区分来自现实和虚构中的灵感。

关于主角的一切

在这一页，你可以用你想到的任何方式描绘主角。

TA 的特征？衣着风格？喜欢什么？讨厌什么？喜欢的人是什么
样的？住在哪儿？生活环境如何？这里有什么风俗习惯？只要
你想得到，就可以呈现出来。

063

在你的眼中，TA是这样的

首先，邀请一位小伙伴，这个任务需要你们共同完成。左页属于你，右页属于TA。

你的任务

想象自己是个大反派，你希望你的对手、故事的主角是怎样的？TA长什么样？性格怎样？有什么让你忌惮的能力？描绘你心目中TA的形象。

在TA的眼中，你是这样的

小伙伴的任务

想象自己是主角，而故事中有一个大反派，你希望TA是怎样的？形象如何？性格如何？TA的缺点是什么？有什么能力？描绘出关于TA的一切。

TA的人生关键词

在这一页记下概括主角生活的关键词，你可以从读过的小说、看过的电影里找灵感。比如：逆袭、坎坷、登上王位、层层破案、傻白甜、走出迷宫、重生、突然获得金手指……

独处时的小癖好

主角一个人时会怎么样？有什么不为人知的习惯吗？外表冷酷
实际温柔，还是身份成谜黑白通吃？记下你所想到的主角独处
时的一切行为和癖好。

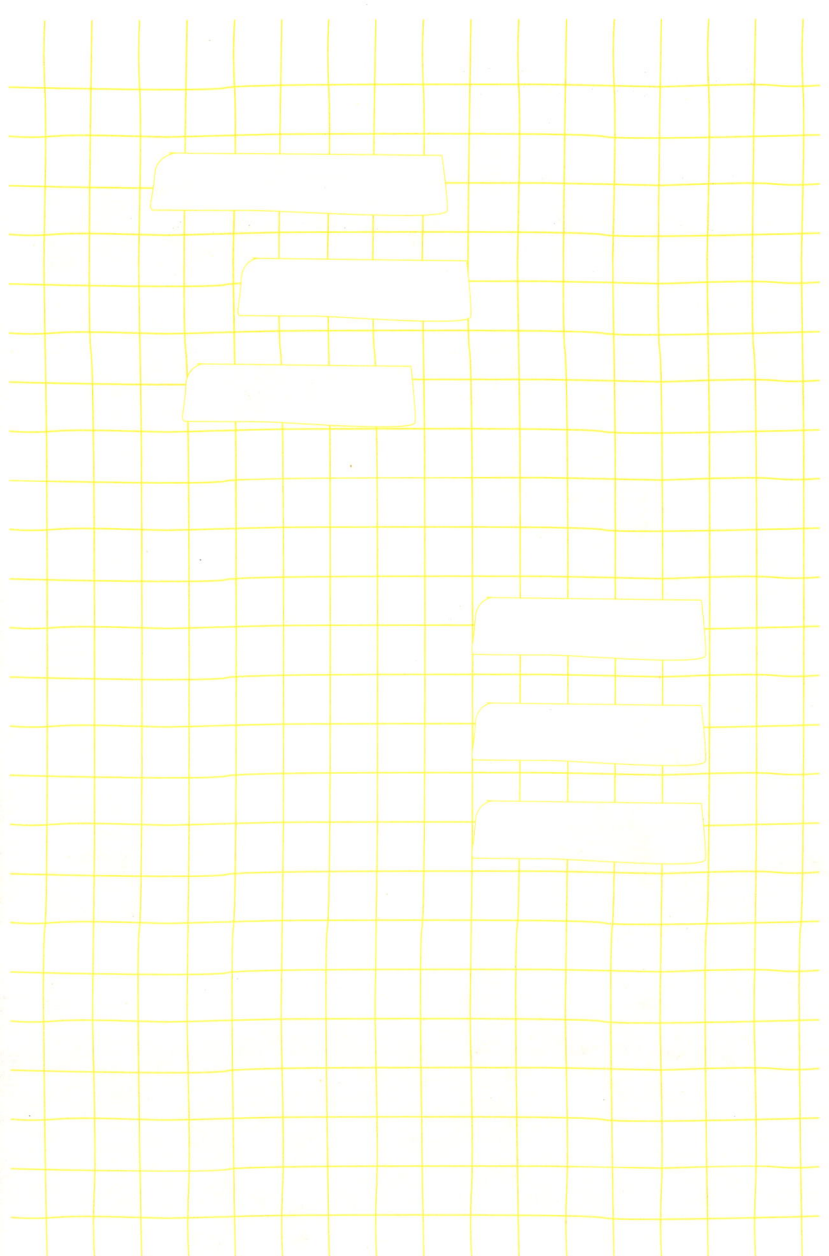

069

关于技能的头脑风暴

这一页收集的是关于"技能"的灵感，元论是现实存在的，还是想象出来的。比如：推理能力、计算机、魔法、第六感……
在这个跨页的左边写下你的灵感，右边邀请一位朋友写下TA的灵感。元论好的坏的，记下来！

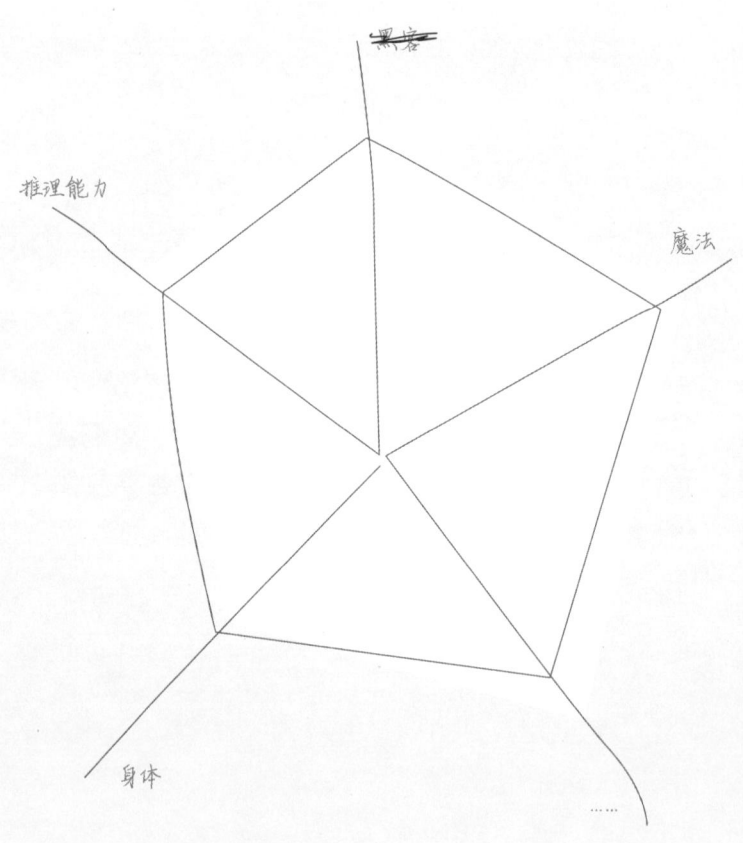

邀请你的朋友一起设定吧!

万万没想到 TA 竟然可以……

与你的朋友分别各选出三个你们觉得最有趣的技能，并用不同
颜色的笔区分它们。

在左边写一个围绕"技能"的脑洞题。你可以选取几个技能，描
绘角色使用技能的场面。

万万没想到 TA 竟然可以

万万没想到TA竟然可以

你的秘密

在这里写下关于自己的小秘密，几个都行，之后把这页纸对折起来，用订书机订上。放心，谁也不会看到。

比如：你的心事，你耿耿于怀的某件往事，你不为人知的暗恋对象，你不敢告诉他人的一件糗事……

主角的秘密

关于自己的秘密给了你灵感吗? 那么, 给主角也安排一些小秘密吧!

比如:TA是男扮女装;TA虽然是大魔王,却害怕虫子;TA有多重人格……

创造TA吧

在下面的小人上用你想要的任何方式（写、画、标注、贴图……）创造一个人设，TA穿着什么？长什么样？有什么特点？神情动作是什么？你希望TA是正派还是反派？是主角、配角还是别的什么人？

表现TA的样子和特征，为TA赋予灵魂吧！

画画先从一个圆开始

穿什么好呢？

079

习惯清单

留意身边的人、喜欢的爱豆、关注的UP主……他们有哪些，或提到过哪些有趣的小习惯？在下面的习惯清单里记下TA们！当然，你也可以留意你自己的习惯。

○　一博

○　XZ

○　papi

○　emmm

打篮球？

吃鸡

大提琴

天文

…　…

LIST

全家福

想想看过的家庭亲子综艺、影视小说中的家庭关系，或者，就以你自己的家庭为原型，创作一幅全家福吧！你可以写画结合、剪切拼图……

人物越多越好，他们的关系如何，相处状态是怎样的，都可以在这个大家庭中呈现出来。

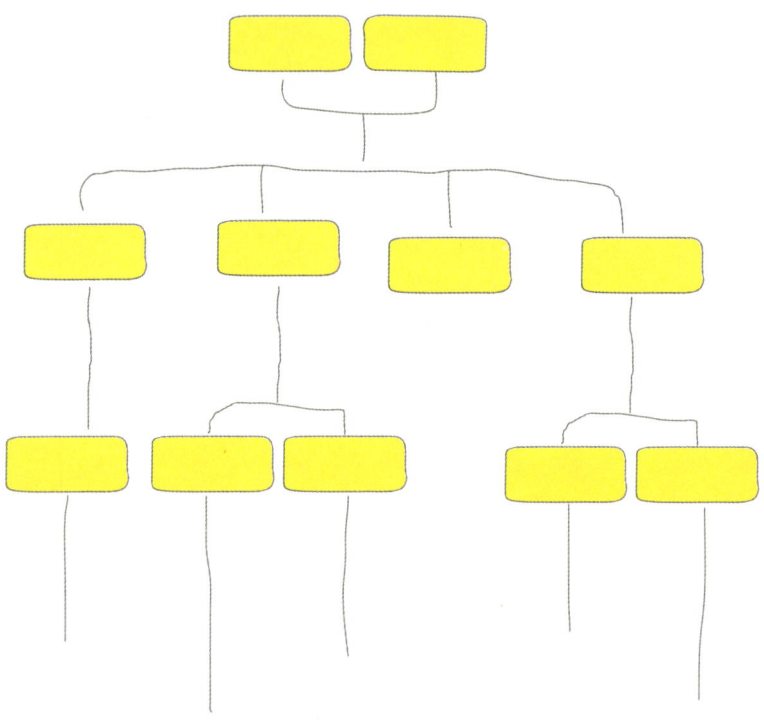

放空

没错，看到这一页的你，只需要放空大脑。无论是梳理你的灵感，还是记录别的，这一页留给你，你想写下点什么都行。

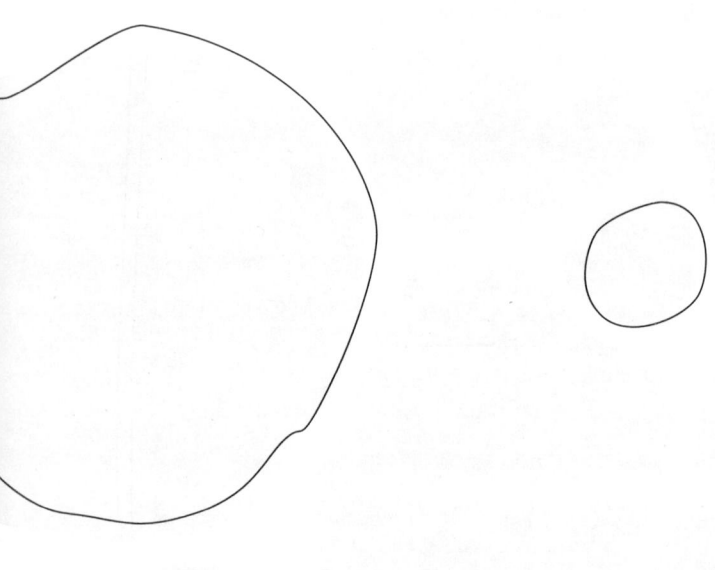

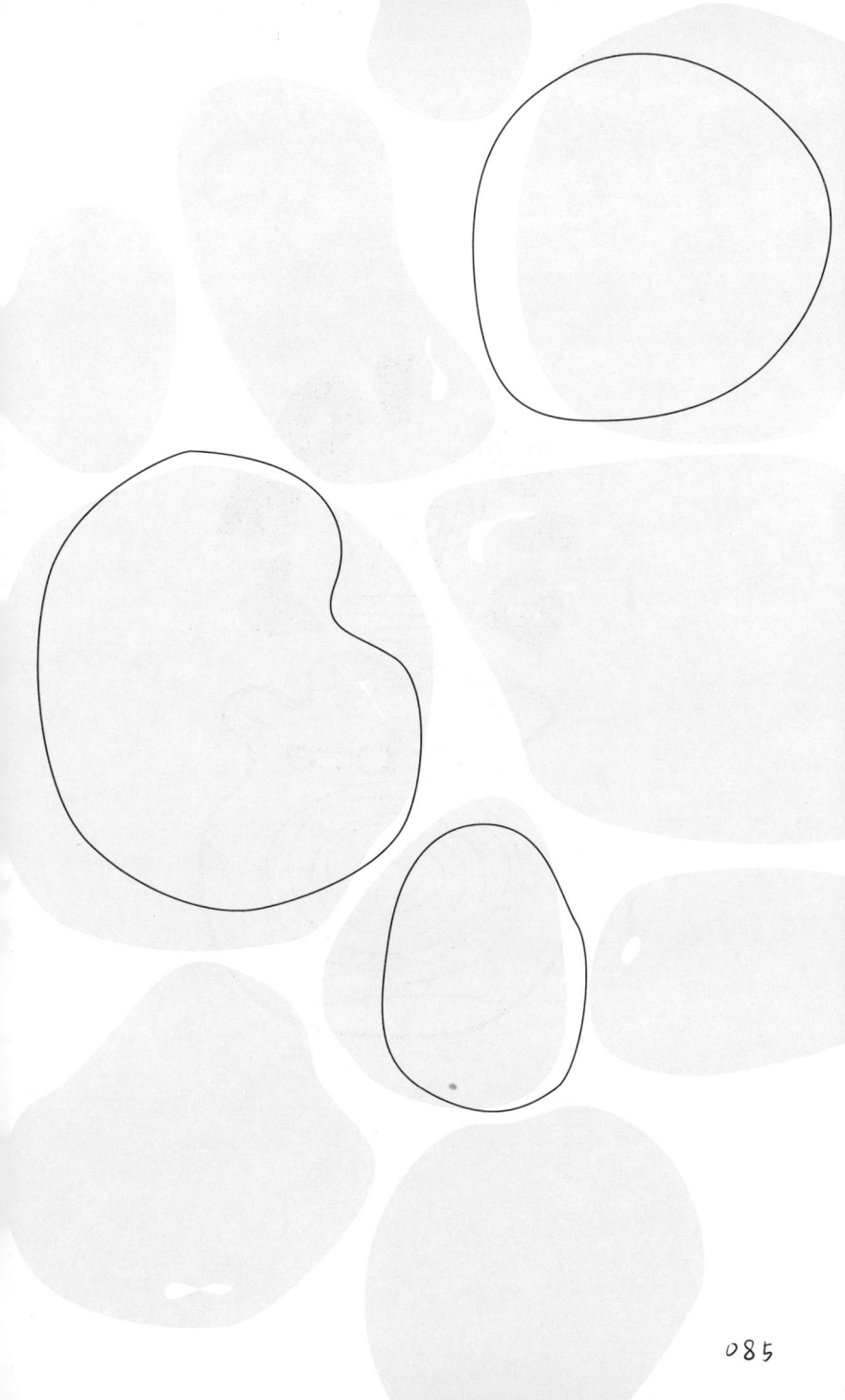

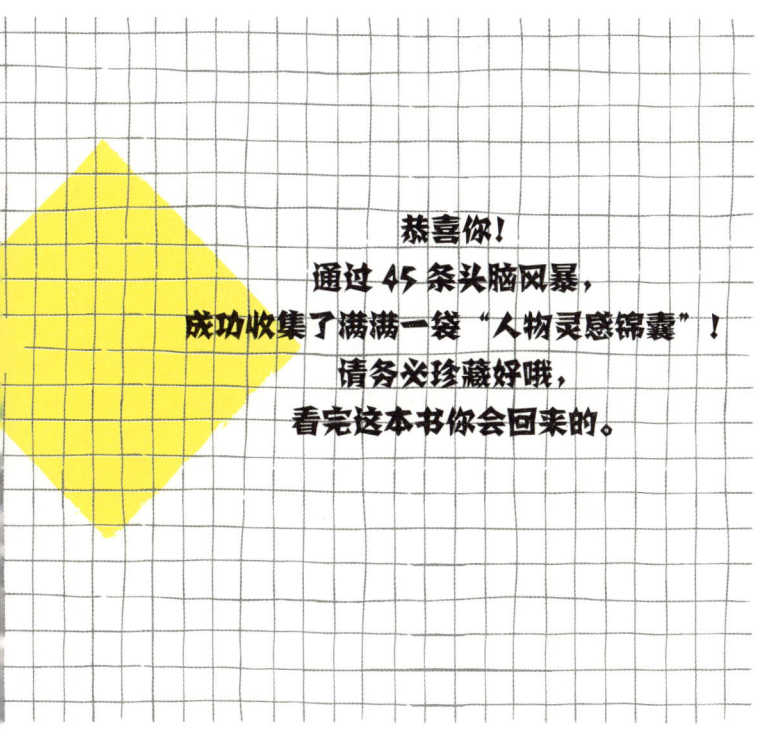

恭喜你！
通过 45 条头脑风暴，
成功收集了满满一袋"人物灵感锦囊"！
请务必珍藏好哦，
看完这本书你会回来的。

万万没想到这个世界竟然……

MY WORLD

奇妙世界观

欢迎来到你的世界，
为它增砖添瓦吧。

关于今天

今天是 ___年___月___日

查查历史事件，在这一天发生了啥？这一年全球又有哪些神奇
的事发生？

TODAY

某年今日

脑补一下明年的今天，100 年后的今天……又会发生什么？
记下它们。

时光机

想象自己坐上了一台时光机，你将随机降落在某一个时刻，也许是历史、未来、幻想中。记下这些灵感。

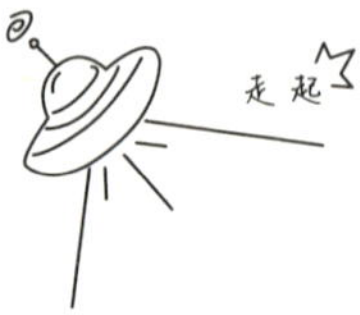

走起

未来

历史

每人要统一六国

幻想

宇宙
爆炸时

超时代
的某一天

走向宇宙
浩瀚无垠

历史
政变时

刷牙时我突然想到……

利用好五分钟的刷牙时间，让自己脑洞大开，脑海中闪现无数的点子，它包含了人、事、物、地点以及任何灵光一现。

地球、外星人、恐龙、床铺、捕梦网、小矮人、穿越、古城、兜帽、书……

地球

对！又是地球
没有其他

穿越
多新鲜的事~

外星人

捕梦网

啦啦~

古城

美食城~

填满我吧！

好了，牙刷完了，现在把你的灵感碎片随意填入下方的各个小圈里，越多越好。一次想不全？没关系，下一次刷牙时随时补充，直到填满这页纸。

世界上都有这些生物

从这些灵感中圈出你想让这个世界中出现的生物，想想那会是怎样一种奇妙的画面？无论是写作、绘画、剪贴……用你喜欢的方式填满这页纸。

#@*%%……

比如：巨人、小矮人、外星人、恐龙和谐相处，还建立起了一个王国……

这里的样子

脑补出一幅场景，在这一页画下来吧！

这是哪儿？篮球场，湖边，云端……

故事就发生在这里

假设你的主角就在这个场景中，现在是怎样的画面？

这里发生了什么？画面中有谁？

他们都在做什么？

展开想象，描绘在这里的一切。

它可以是完整的画面，
也可以是多个灵光一现的小元素，
总之，只要是你脑海中呈现的就好。

我的眼前是……

此时此刻, 你在哪儿? 家、学校、超市、林荫道?

面前有什么? 天气如何?

你看见了什么特别的景色和人物吗?

用一段话定格这一刻, 描绘眼前的世界, 越详细越好。

▶HOME

我家住在高山上, 常年有人把歌唱~

SCHOOL ◀

太阳当空照, 我去上学校, 带着小书包!

▶SUPERMARKET

超市商品千千万, 可惜赚钱真的难

以后任何时候看到这段话，
都能想到这一时刻。

场景风暴

一分钟的时间，来一场头脑风暴！记下你脑海中所有冒出的场景，比如：回国、下沉地面、镜湖、星球、雨林、迷宫……尽可能放飞想象。

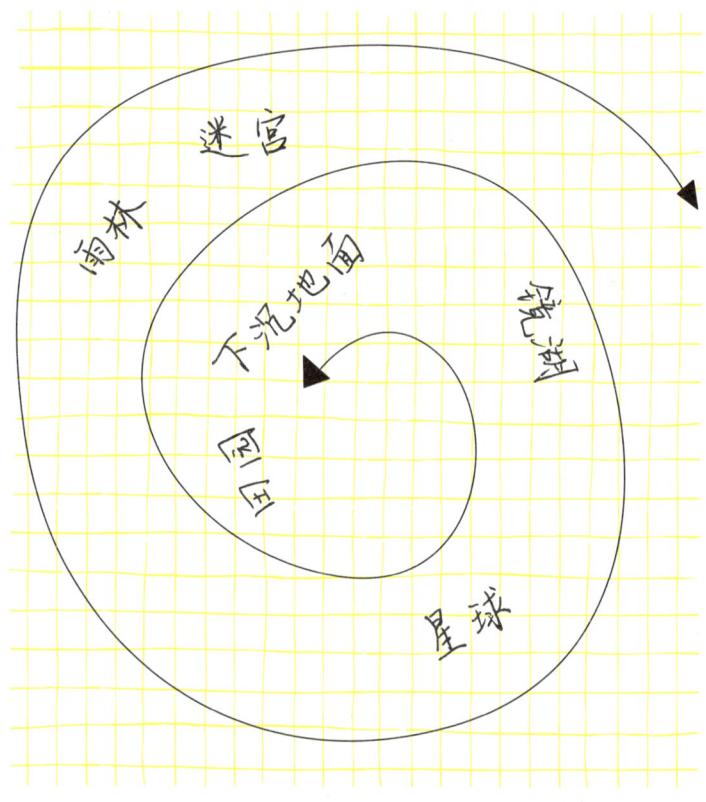

脑洞题

任选角色，代入左边任意一个场景，
具体描绘TA身处在这个场景时可能发生的事。
如果主角是现实中的人，
就让TA本人来回答这道脑洞题吧~

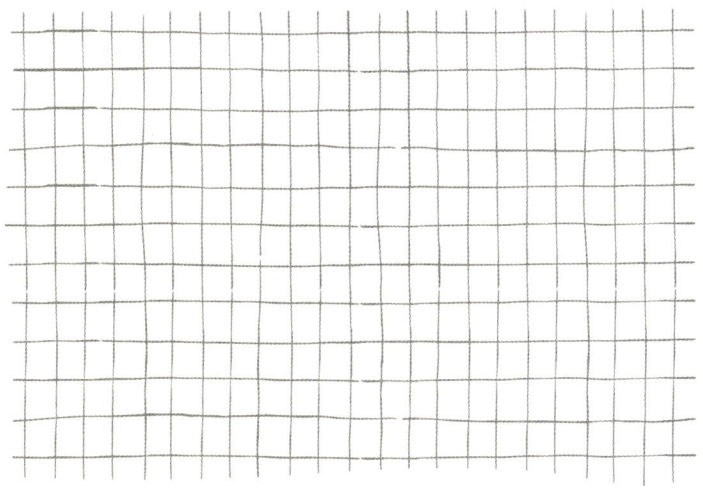

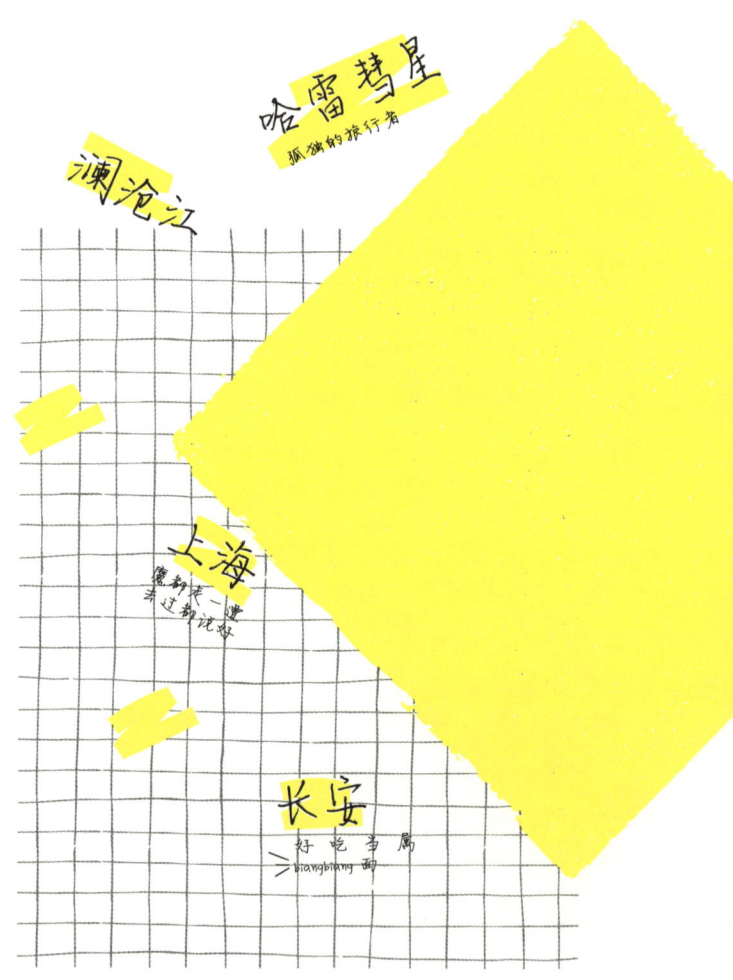

难以忘怀的地名

你知道哪些好听的地名？无论是洲、国家、省、市，还是山河湖海，又或者只是某天偶然发现的一条街……只要你觉得好听又特别，就在这里记下来吧！

哈雷彗星
孤独的旅行者

澜沧江

上海
慧莉来一趟
去过都说好

长安
好吃李属
＞biangbiang面

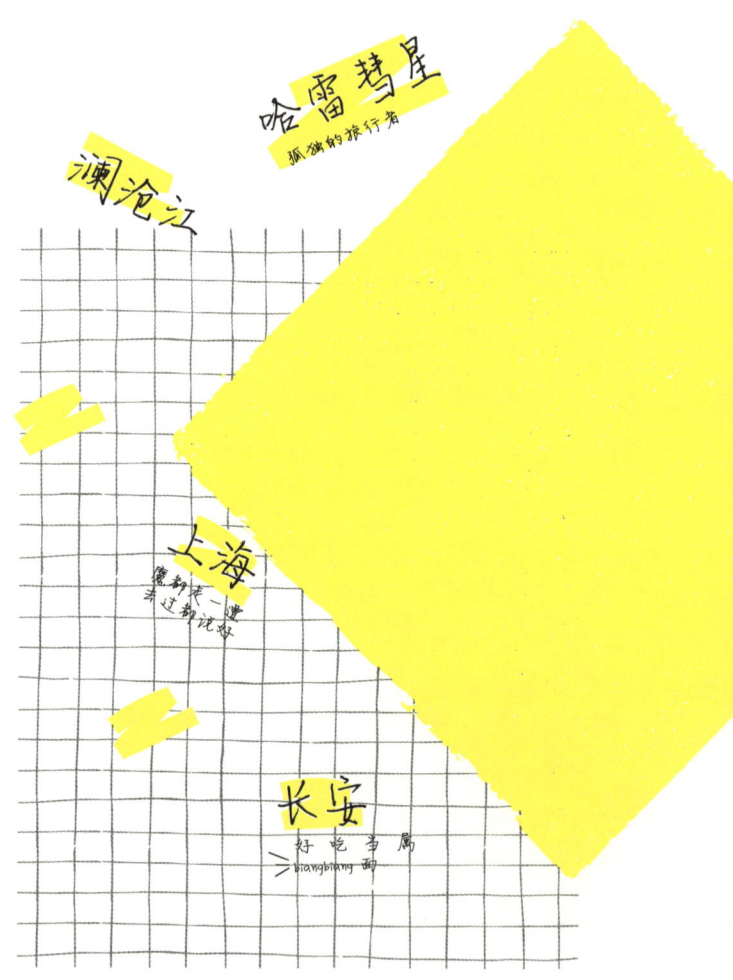

取地名

在这里取上 50 个地名！风格不限，范围不限，上到宇宙行星，下到街道小路，想怎么来都可以。

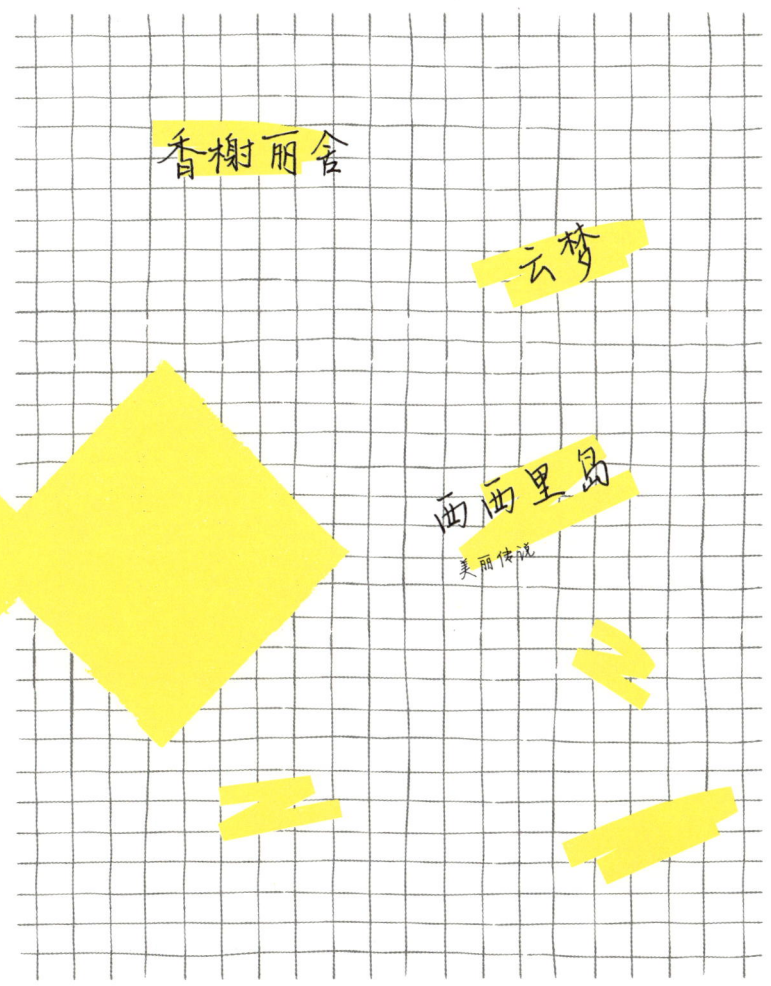

香榭丽舍

云梦

西西里岛

美丽传说

贴上想象中的场景

找到一些你觉得最符合想象中场景的元素、图案，

无论是风景照片，还是漫画场景，

或者是你自己的简笔画……

打印下来或剪下来贴在下面，让它们呈现出这幅场景。

阳光明媚的一天

废旧杂志剪起来

听说撒一把米，鸡都会画地图

试试撒一把米在这页纸上，

撒出来的形状就是地图的样貌，

用笔把轮廓描画出来。

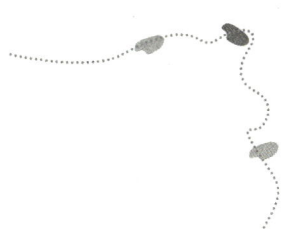

珍惜粮食
记得回收米粒

你的世界

把米从纸上扫掉，现在你得到了一张地貌图。

想想哪儿是陆地？哪儿是海洋？

有岛屿、山川、草原吗？它们分别叫什么名字？

继续细化你的地图，涂上颜色，画出分界线，把名字写在地图里。

110

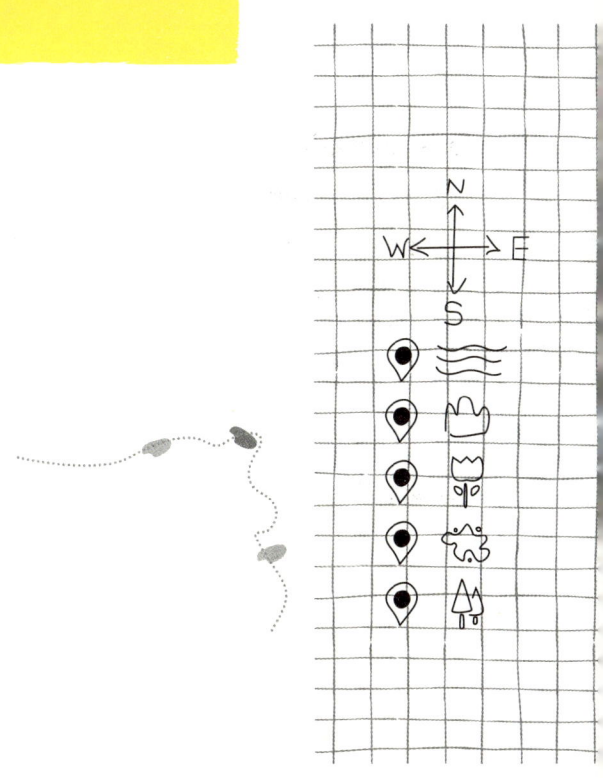

珍惜粮食
重要的事情
再说一遍

决定命运的时刻

在画好的地图上掷骰子，落到哪儿，就以这个地方为基础，写一个关于此地的脑洞吧！（写作提示：地貌、气候、动植物、人种、风土人情、语言以及发生在这里的故事等。）

你的降落地：＿＿＿＿＿＿＿＿＿＿

SITE

今日迷惑

看看迷惑大赏、网友吐槽，回忆一下身边的迷惑现象，记下这些灵感！想想哪些也许会在你的故事里出现？

怀大爷父还是怀大爷

喜欢同生日当密码

1 _____

2 _____

3 _____

1 _____

2 _____

3 _____

你妈打你，从来不讲道理

有些人看起来是青铜，
实则也是青铜，

总是在吃饱后才想到减肥

明枪易躲，暗箭难防

1 _____

2 _____

3 _____

114

选择一个令人迷惑的现象，把它作为你故事中发生的一幕，描绘这幅场面。

115

习俗锦囊

闲下来的时候留意关于生活习俗的事儿吧，你们当地有什么习俗？你知道哪些有趣的习俗？你还脑补出了什么习俗？把它们收集进锦囊。

节日狂想

在这一页，你可以记下你知道的关于节日的传说，比如过年、七夕、圣诞节……也可以自己另外编一些节日，并简单说说它的寓意。

CharacterA

CharacterB

CharacterC

为了部落！

有哪些你知道的神秘部族？除此之外你有自己的想象吗？
写下关于TA们的脑洞。

神奇肤色在哪里

  如果肤色不止三色，你还能想象出什么设定？阿凡达蓝？绿巨人？按照想象给下面的小人涂色。

Color

紫色？红色？

耶～我喜欢粉色

五彩斑斓

自创新文字

以你想到的任何形式设计一种新文字。你可以先画出来，再同语言描绘它的写法、形状、读音……

大胆想象，朋友！！！

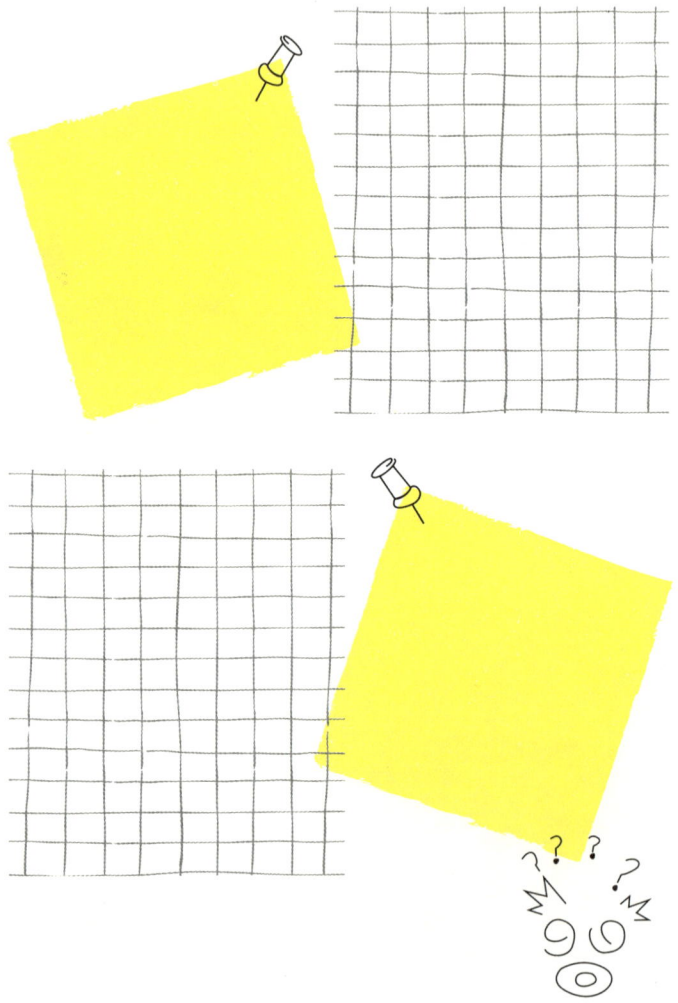

嘿，“我”在这里

选择一个想象中的部族，描绘那里的一切。你的视角可以是外来者，也可以是原住民。

122

那里的标志物是什么？画下它！

比如：图腾、吉祥物、动植物、代表建筑物……

Totem

Mascot

神奇小屋

绘画、布艺、拼贴画……

用你喜欢的方式设计一座房子。

想想它的风格是怎样的？有什么摆设？

有哪些不同寻常的特点？是谁住在这儿？

设计一条线路图

在方格纸上画出一条四通八达的线路图，会去向哪儿？

旁边有什么？可以是你家附近，或你知道的某条街、某片区域，

也可以是虚构出来的某处。标出周围的建筑和标志物，并为它们

命名。

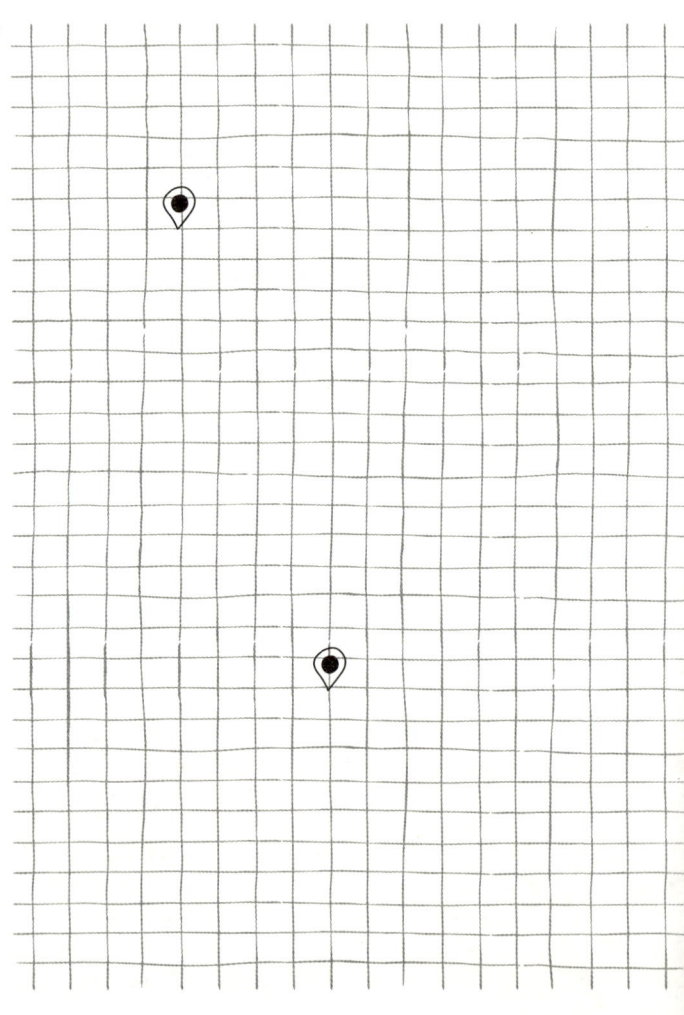

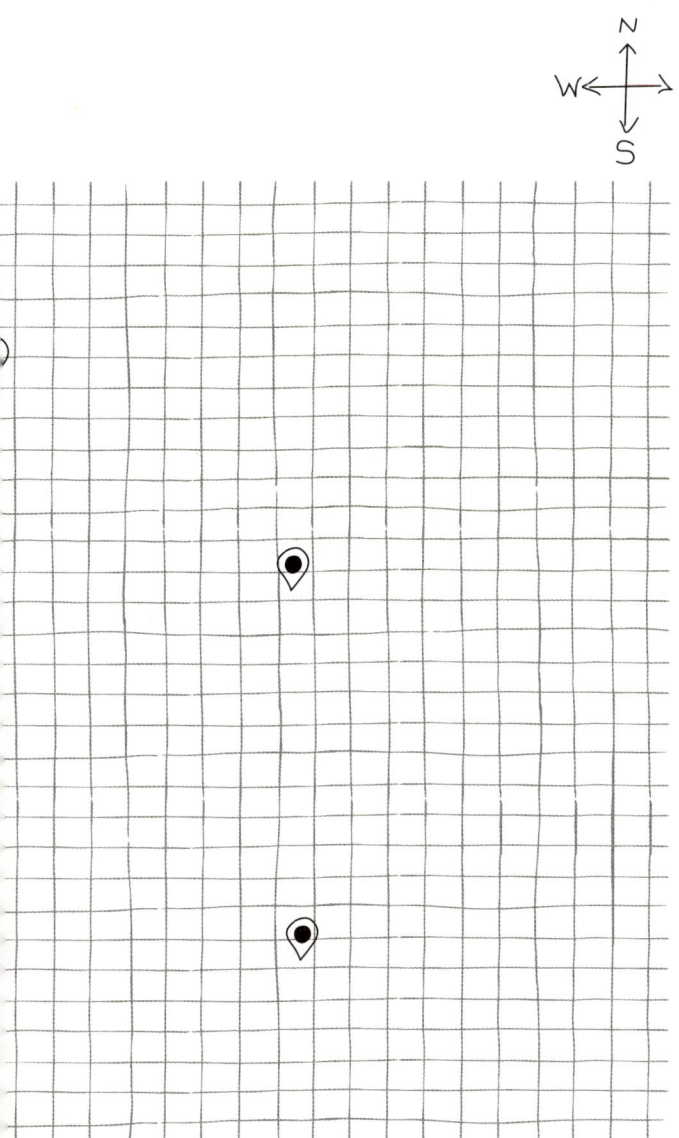

N
W←→E
S

如果这个世界规则颠倒……

我们都知道，点头 YES 摇头 NO，猫抓老鼠狗吃骨头……如果有这么一个世界，它所有的规则全都颠倒过来，会是什么样子？写下这道脑洞题！

你真帅！

128

举个例子：你进入了某个王国，在这里，老鼠抓猫，草比树还高，人们都不说话，而是用肢体语言……

让人头秃的问题

人为什么要晚上睡觉？为什么吸猫不吸狗？无论是沙雕问题还是世界未解之谜，你都可以在这里随意提问。

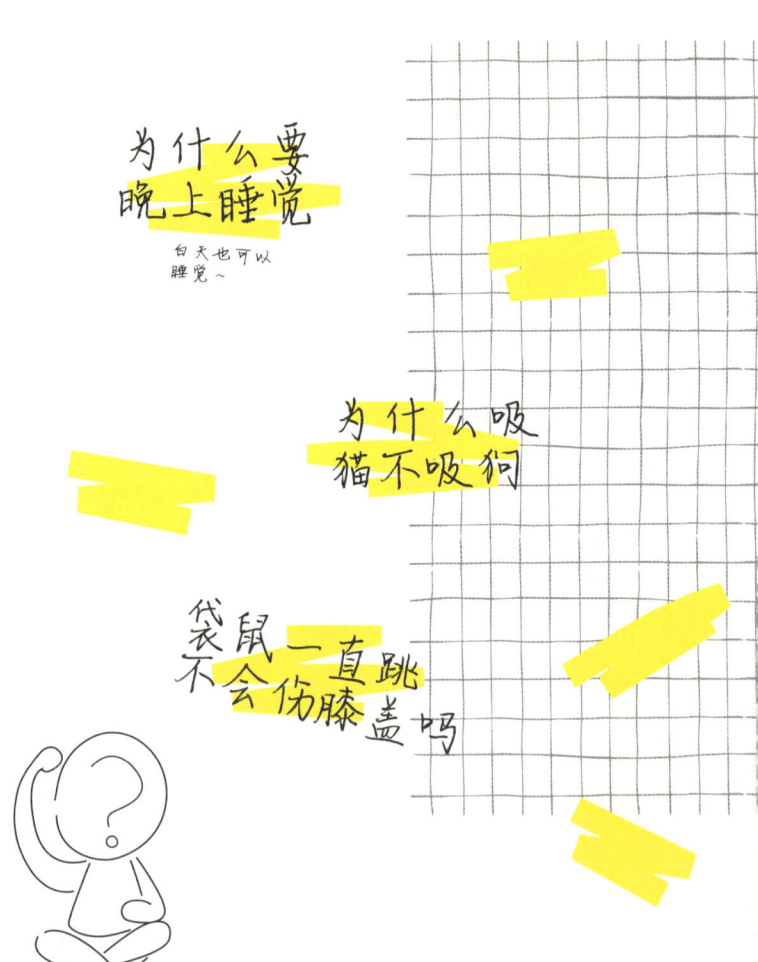

为什么要
晚上睡觉

白天也可以
睡觉~

为什么吸
猫不吸狗

袋鼠一直跳
不会伤膝盖吗

填满我吧！

为你创造的世界设置一个未解之谜的设定吧，
再以作者的角度描述它。
例如：谁也不知道从什么时候开始，
这里的夜晚消失了，只有白天……

131

迷人的小生物

在这里画下任何大自然中并不存在的、想象中的生物，填满这页纸，它们可能会出现在你虚构的世界中。

133

两个字的事物

在这一页随意写下任何两个字的事物。

比如：电脑、怪物、翅膀、别墅……

电脑

别墅

怪物

翅膀

134

灵感画框

现在，挑出左页你喜欢的物品，把它们画进灵感画框，使它成为一幅充实而完整的画面，画中能体现出这个世界的样子。

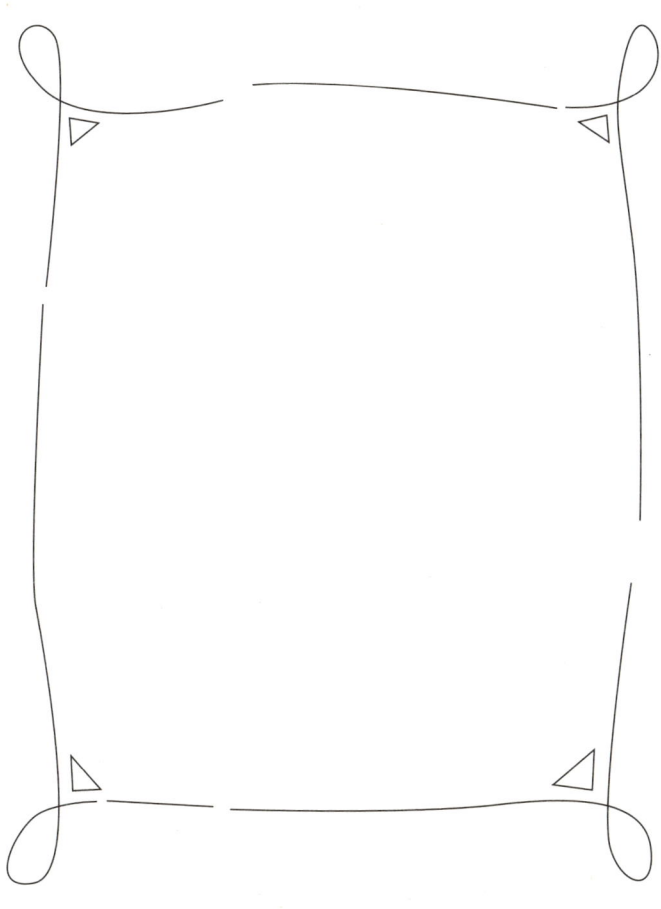

食物锦囊

你知道世界上有哪些美味? 你最爱吃什么? 上一顿吃了什么?
你的家人擅长做什么? 把你的灵感统统写进锦囊里!

美食奇遇

以"我与美食的奇遇"为题，想象自己来到了笔下的世界中，描述人们的饮食习惯，给食物赋予意义。

_____

_____

_____

_____

_____

_____

_____

_____

_____

_____

_____

_____

_____

_____

_____

_____

包子很大，一口吃不下！

禁止入内

在你想象的世界里设置一个禁区，这里会是怎样的？

有哪些秘密？真的没有人在里面吗？

如果没有，是不是会有别的未知生物呢？误闯有什么后果？……

画下它的样子。

这里也许是一座水域上的孤岛、一处结界、一座古老的城堡……

禁止入内

如果现在有一个人误闯入了这片禁区，

内会遇到什么样的事儿？有遇到别的人吗？

会有什么后果？结局是什么？展开想象，写一段精彩的描写。

记下你的梦！

哇，做了一个很精彩的梦！

梦是关于什么的呢？梦里的世界是怎样的？有什么特别之处吗？

在遗忘之前，赶紧尽可能详尽地把梦中的场景写下来！

如果是戛然而止的梦境，就由你的想象力来探索吧！

求解梦

遨游梦境

如果你进入了梦中，这里会是怎样的情境？里面的世界是怎样的？用你的笔记录下这些光怪陆离的灵感吧。

放空

没错，看到这一页的你，

只需要放空大脑。

无论是梳理你的灵感，

还是记录别的，

这一页留给你，

你想写下点什么都行。

143

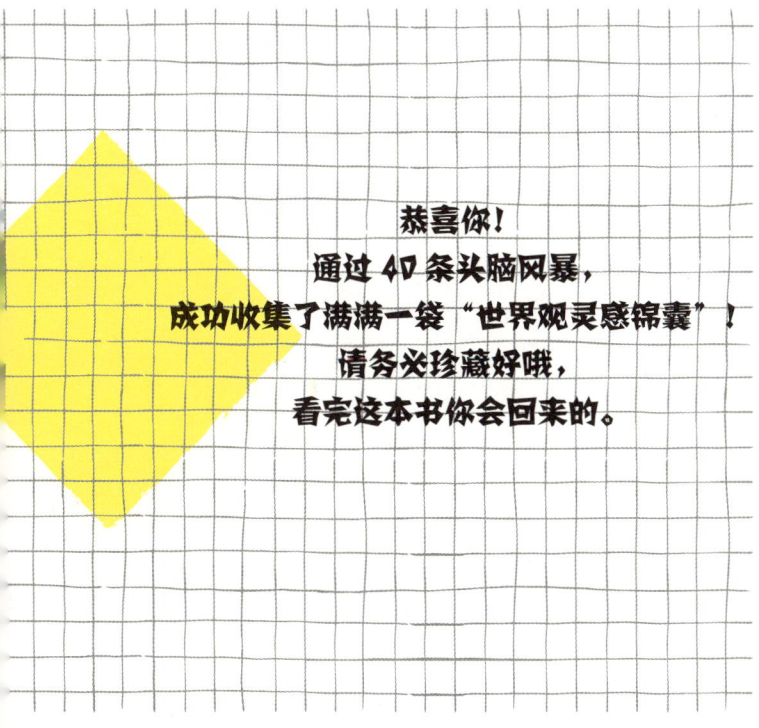

恭喜你！
通过 40 条头脑风暴，
成功收集了满满一袋"世界观灵感锦囊"！
请务必珍藏好哦，
看完这本书你会回来的。

STORY

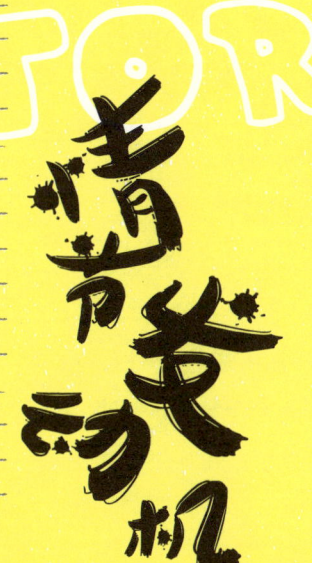

情景发动机

TA们一生的故事，由你来演绎。

等电梯时

在等电梯的时候，想象一下电梯是一台时空穿梭器，来一场头脑风暴！你会遇到什么样的人？你们之间第一句话会是什么？

GO!!!

时光倒流

想象自己已经时光穿梭了，

你最想回到 _____ 时。

那时候发生了什么？为什么想回到那时候？

你想改变什么吗？写下你的故事。

回到高考那年，告诉自己和每一位同学说再见！

时空邮件

这是一封神奇的邮件，
你可以寄给任何时空的任何人。
在这里写下你可能会写信的对象。

首先给自己写一封

挑选一个，现在就开始写吧。

聊聊你最近的事，聊聊你想知道的事。

二十四小时计划表

请为你的角色列出一个一天的计划表吧!

TA几点起床?起床后分别在几点做了什么事儿?会遇到谁?有什么计划?在这一页设计一张24h安排表,呈现TA一天的生活。

TIME	EVENT

此时TA正在……

从24h计划表里任选一个时刻,把TA此时的活动扩写成一段故事。

此时见了什么人吗? 还是外出做了什么,抑或有什么秘密行动?

▶ 时间：

▶ 此时 TA 正在：

▶ TA 的故事：

脑洞题

想象自己突然成为了小说主角，在这个世界里，你要怎样让自己走下去？多想几个方向，写成稀奇古怪的脑洞题吧！

比如：某一天醒来，我发现自己来到古风单机游戏里成了一个 NPC，要怎么生存下去？

突然我成了爱豆的合伙人，工作室要倒闭了，我要怎么经营下去？

你可以多写几个，不需要回答哦。

小小的梦想

你的角色有什么梦想？在这里写下关于"梦想"的所有灵感。可以是某个职业，也可以是某样东西、某件事、某个想去的地方、某个喜欢的人、某个状态……

DREAM

二十多年前
我梦想成为
小吃街的老板～

又到了熟悉的灵感风暴时间！记下在你脑海中浮现的关于"目标"的词或短句，它可以是某件事、某个物品、一个人、一个状态……

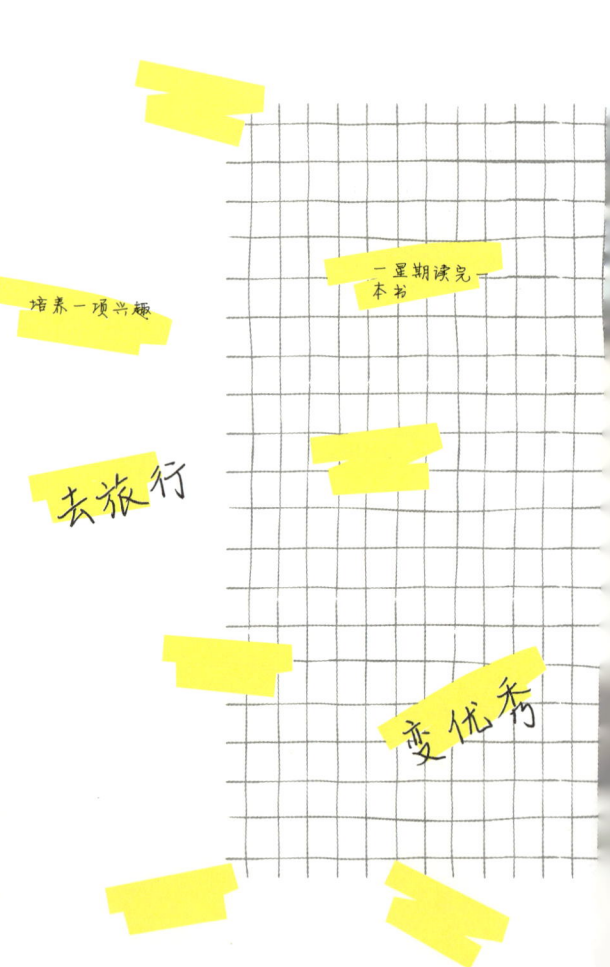

培养一项兴趣

一星期读完一本书

去旅行

变优秀

160

1 _____

2 _____

3 _____

先定一个小目标

在左边的灵感风暴中圈出某一样你最想写的目标, 想象一下, 你该怎么得到或达成? 你需要做哪些准备? 需要怎样克服各种困难?

梳理一下这些想法, 装到上方的能量框里。

画下它!

从小到大, 你都有哪些求之不得的执念之物? 回忆一下, 画下你想得到的某件东西的样子。你可以通过不同的颜色作画来区分看待它们时的心情。

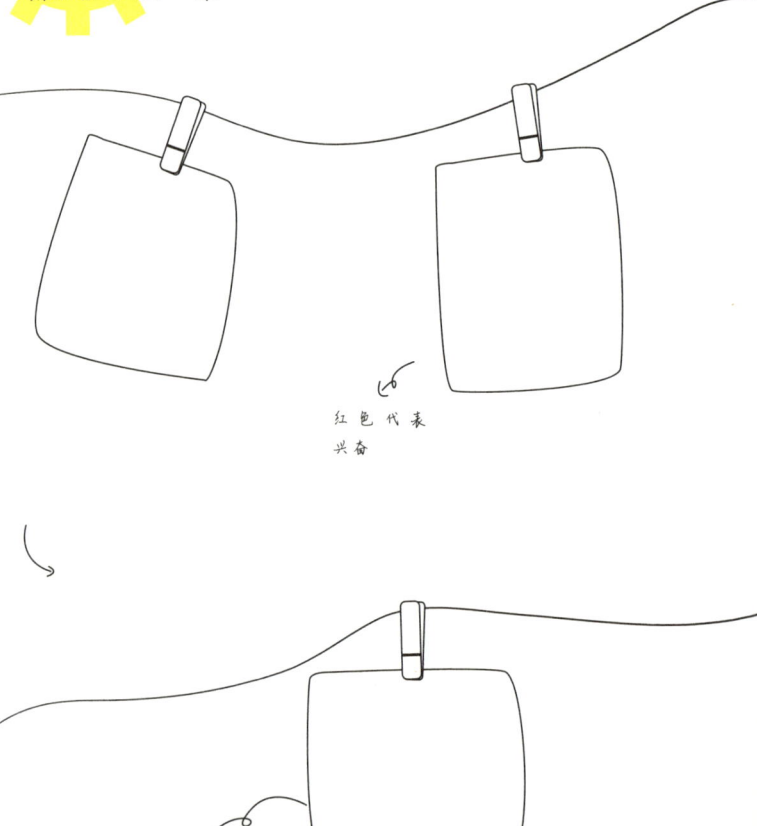

红色代表
兴奋

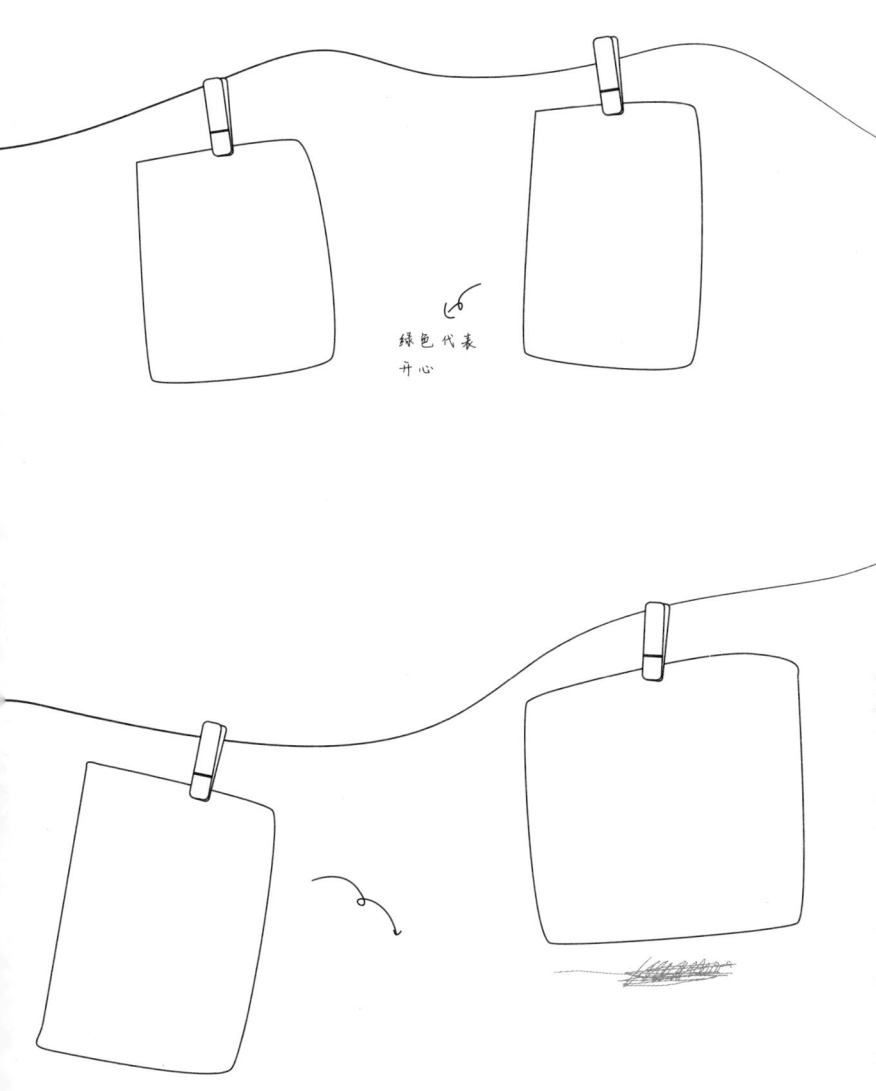

绿色 代表
开心

突如其来的打击！

想想有哪些"当头一棒"？某一时刻，某个人对你说的话，还是某个噩耗？选择某一件意难平的事，写下一个关于"打击"的故事，主角可以是你，也可以是故事中的角色。

过目难忘

回忆印象最深刻的某个场景、某个人、某件事、某样东西、某种心情和感受……只要能让你一秒回忆起来就行，用你喜欢的方式在下面记录它。

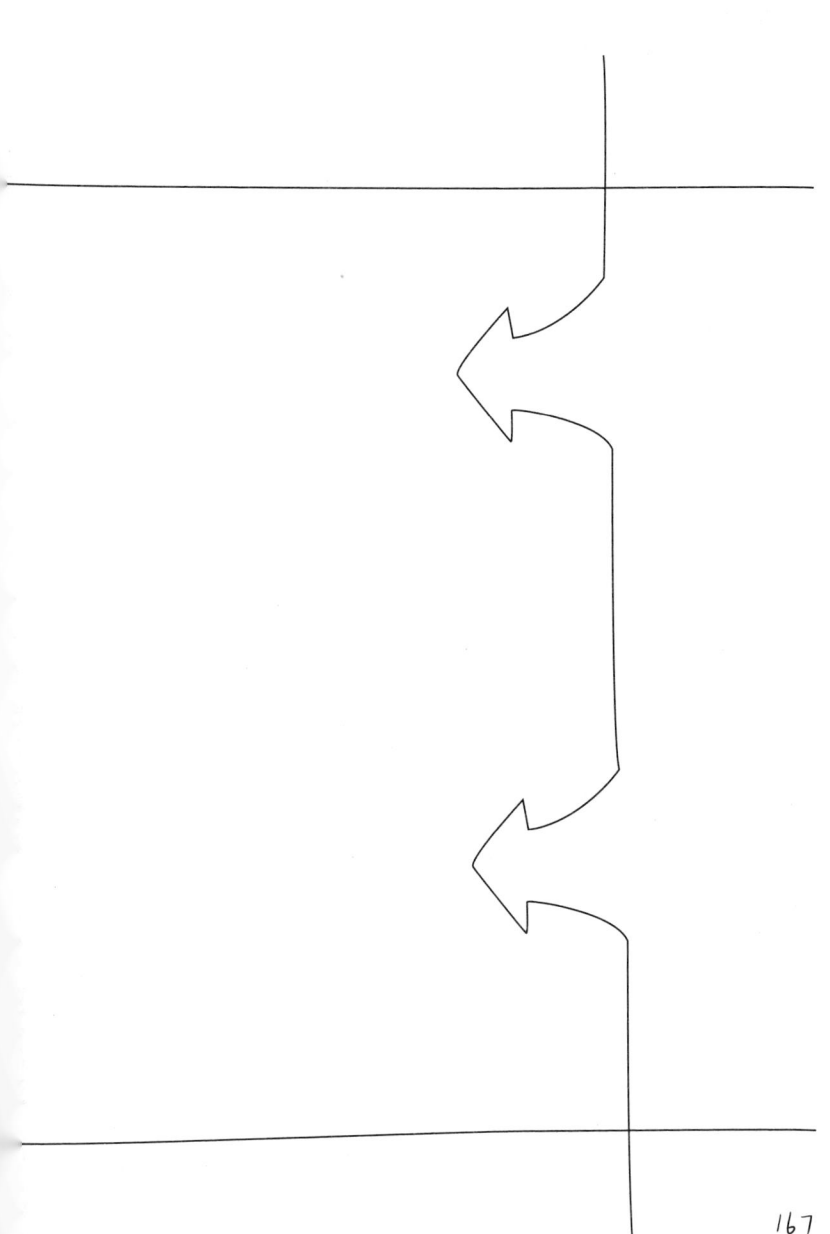

愿望清单

这里是你的愿望清单，请尽可能多地写下你想得到的东西和想达成的目标。

1. 见到偶像

2. 去旅行，不管去哪里

3.

正视失落

在这一页记下会让你感到落寞的词，比如一人食、失恋、月亮关机、没钱……

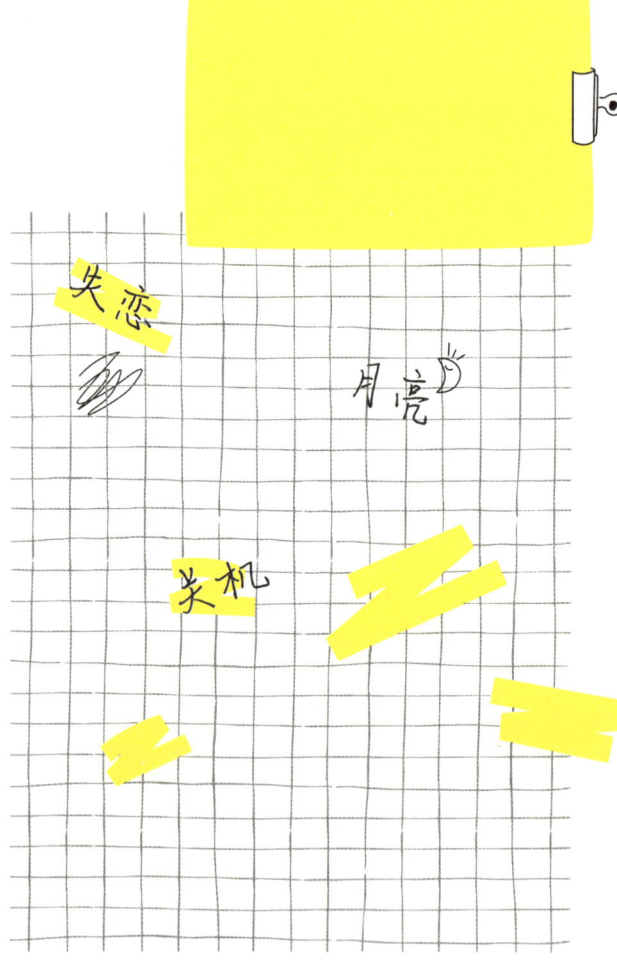

定格落宴瞬间

挑选三个你最有感触的落宴瞬间，在下面的方格里用彩笔画下它的标志物。

享受快乐

在这一页记下让你感到快乐舒适的瞬间，比如夏天、蛙鸣、陪伴、肥宅快乐水、爆米花电影……

定格快乐瞬间

同样挑选三个你印象最深刻的快乐瞬间，在下面的方格里也用彩笔画下它的标志物。

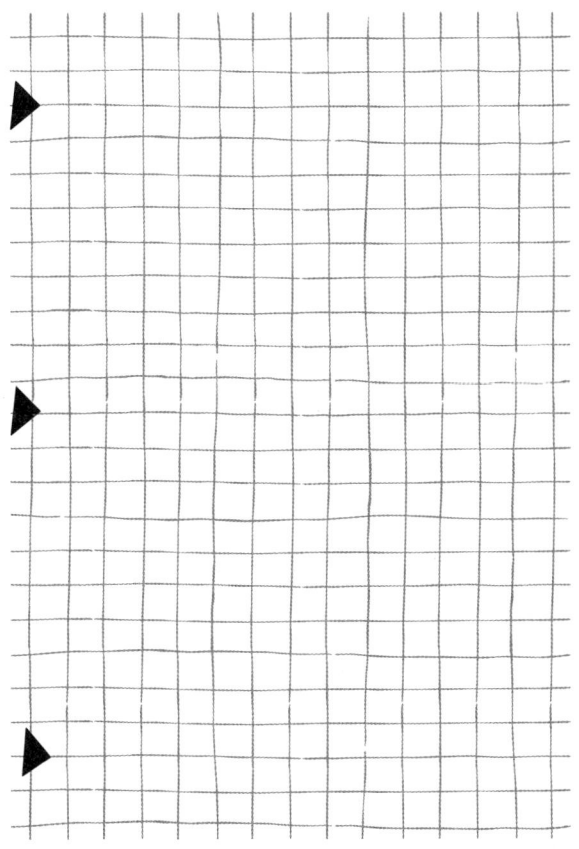

苦尽甘来

从两组定格图里选出你喜欢的两个瞬间，碰撞TA们！

用写、画或其他任何方式描绘这对"组合"在一起的瞬间。

比如：又穷又饿又衰时碰到仙女给你买了一瓶肥宅快乐水。

一喷就great

与过去对话

在这里，你可以写一段给过去的自己的话，也可以想象一个角色，
以TA的口吻写给过去的TA。

记得喝牛奶，多运动
你会多长高 5CM！

词语风暴

现在打开一首歌，纯音乐或别的什么都可以。

一首歌的时间，跟随音乐让脑子里浮现各种各样的名词，无论是什么，无论存不存在，记下来。

词语脑洞题

从左边选出两个名词，让它们碰撞在一起，变成一样新东西，这也许会成为你故事中的元素。

火山 × 寒冰剑 ＝ 冰山

TA 的选择是？

用醒目的颜色从上一页中圈出你最想写进小说里的词。

然后邀请你的朋友，让 TA 用另一种颜色圈出 TA 喜爱的词，看看你们的灵感碰撞能带来什么新点子。

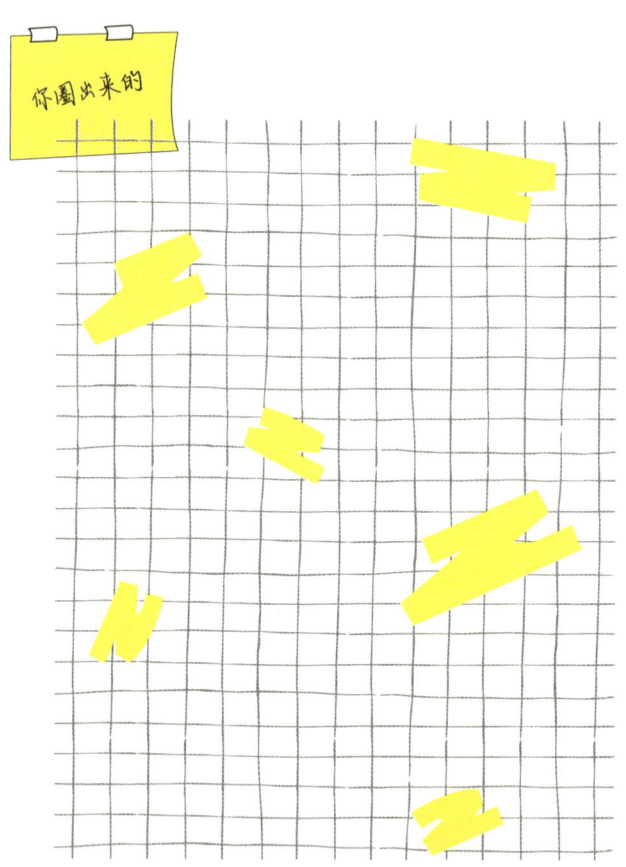

你圈出来的

朋友圈出来的

散步时

在这里，你可以写下回家或饭后散步时产生的奇思妙想。

脑洞题

以 "TA闭上了眼，最后一句话是_____" 为结尾，写
一个故事。

真正明白事理的人，
很少去争论谁对谁错。

我和你

邀请一位亲友，和你一起在便签纸上各写一件你们之间发生的有趣小事，写好后张贴在这一页。

瞬间

假如"卑微"常伴我身,是什么样的情形?记下让人感到卑微的瞬间,比如:想吃饭找不到人、爸妈出去玩不带你、发消息不被回复……

你还可以写下想象中的"卑微一刻",

比如:自带隐形人 buff,表白永远被拒绝……

超耀眼时刻

总有一个时刻闪耀全场！回忆一下自己和身边的人过去的经历，有没有哪一刻耀眼得让你记忆犹新？记下这些灵感。不过瘾？那就自己展开想象，代入主角的世界，描写出 TA 的耀眼时刻！

比如：比赛一等奖，告白成功……

世界大事记

快看看热门事件，今天世界上又发生了啥? 选择你感兴趣的大事件，在下面的便签上记录下来，万一有用呢?

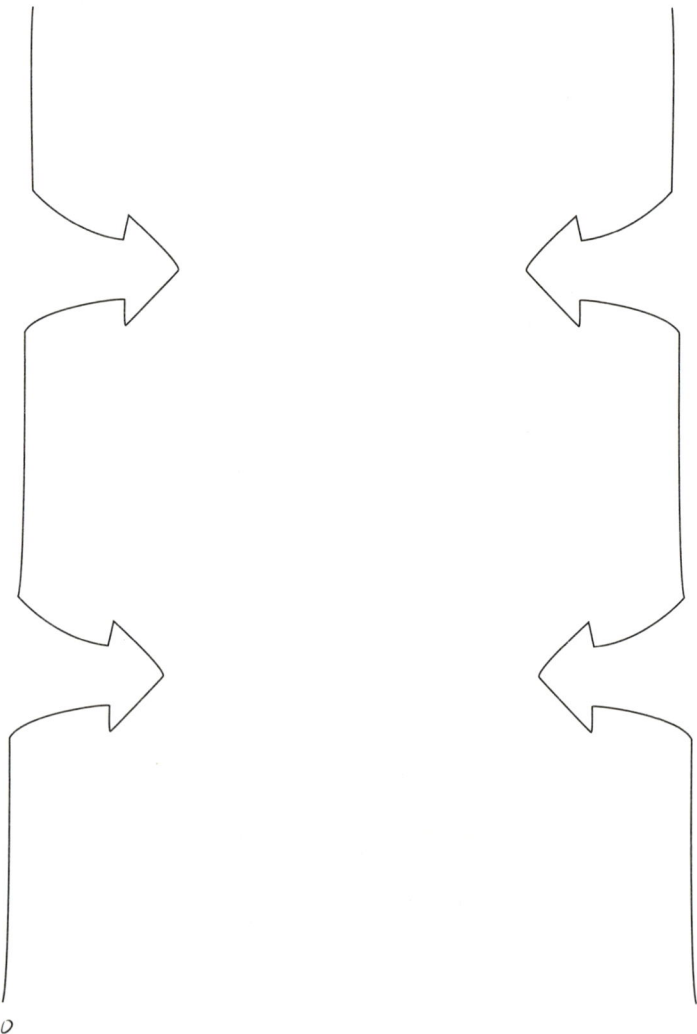

虚拟事件

想出一件现实中不可能发生的大事，在这里写下你自己的灵感。

比如：人类重回侏罗纪；第一只僵尸出现了……

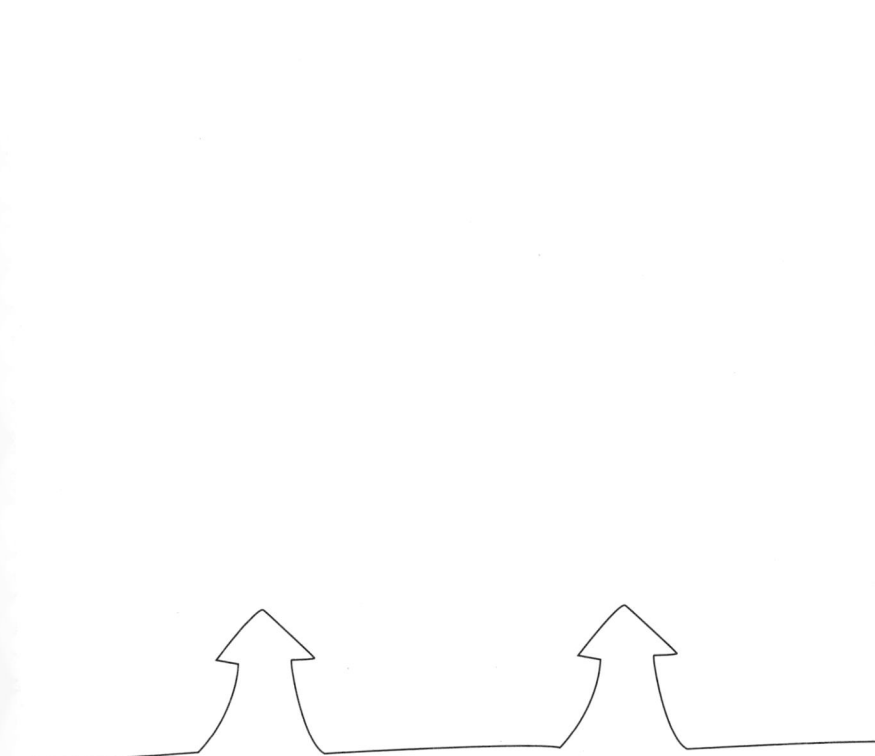

奇遇锦囊

利用任何空闲的时间，给自己五分钟，想想生活中有哪些百年一逢的奇遇？无论是罕见的人、事、物，还是某种可遇不可求的经历，都可以记下来。

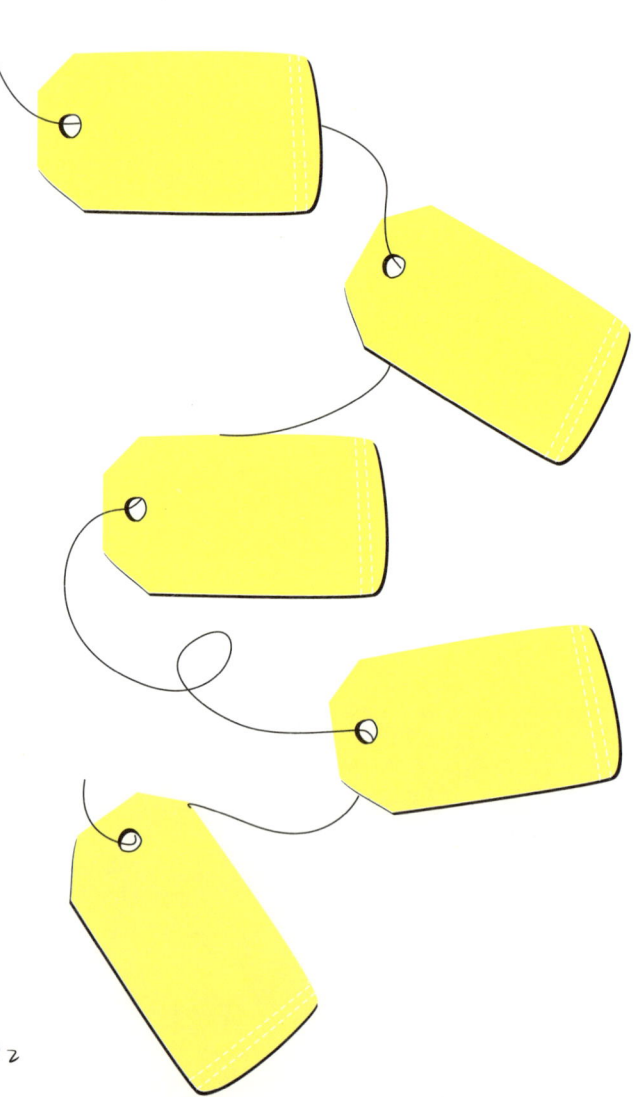

一次奇遇

假设在你的故事中，有那么一件奇遇发生了，你觉得是什么呢？

从上一页中选择一个灵感，或自己虚构，写下这段神奇的经历！

震惊！ TA 竟然经历过这些大事！

联系前两个任务中你最喜欢的人生关键词和大事件，写几道关于"经历"的脑洞题。

在弥留之际如何利用金手指自救重生？

绝地反击

写一个关于绝处逢生的小故事。

什么样的场景？遇到了谁？发生了什么？

最后又是怎么化险为夷的？

场景

人物

事件

化险为夷

打斗瞬间

用你毕生最厉害的画技,画出一幅精彩的打斗瞬间! 风格任你选,
黑道、沙场、武侠、神仙……

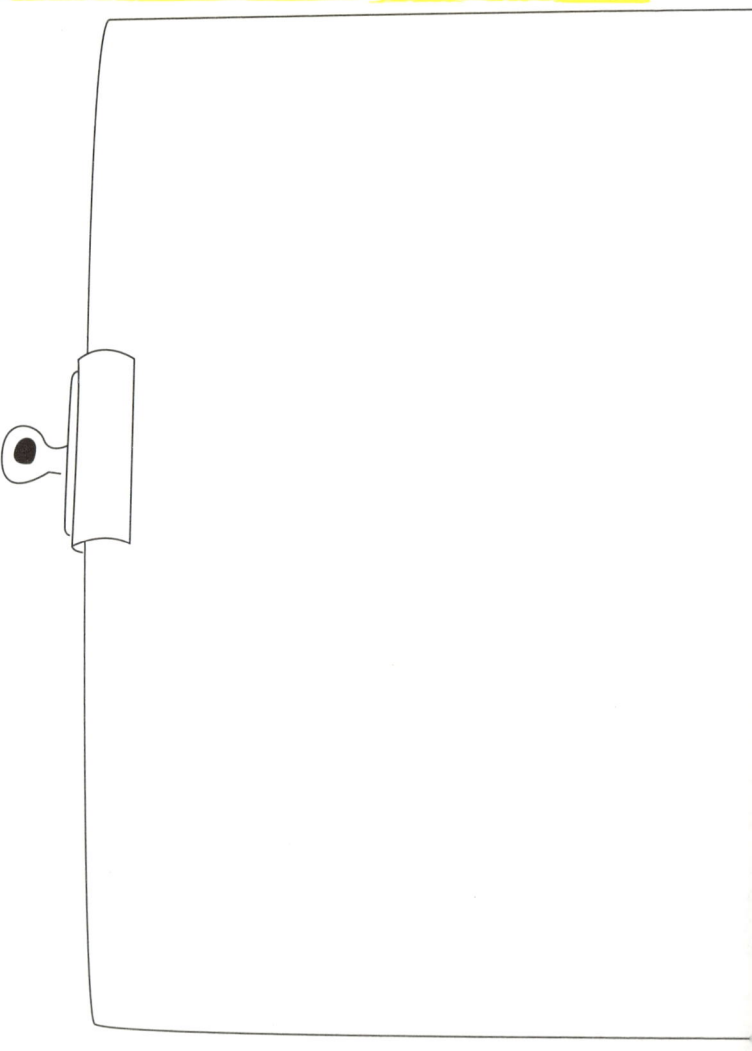

突发事件

回忆一下看过的作品，有哪些让你印象深刻的突发事件？

配角反水？突然穿越？牺牲？获得新生？另有隐情？

写下这些灵感，你还可以自己另想。

200

晋级奖励

回忆你打过的游戏,通关给了什么奖励? 升级? 金币? 武器?

再想想你接触过的小说、影视中的角色,现实中的爱豆……

在一步步"升级"的过程中,TA们都收获了什么?

在这一页记下来。当然,你还可以自己想。

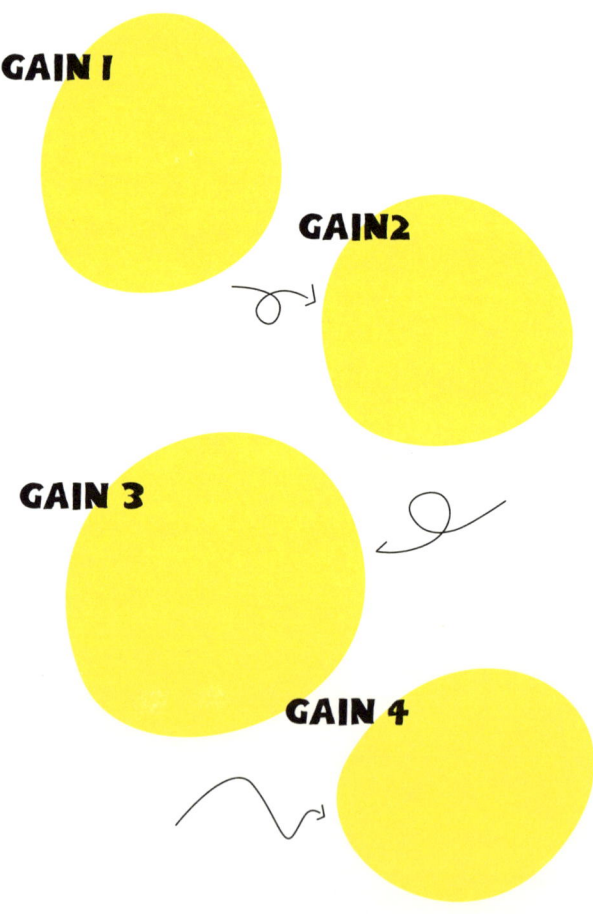

GAIN 1

GAIN2

GAIN 3

GAIN 4

和配角对话

你可以自己想象，也可以从之前的灵感中选择，选出一个人设作为主角，再挑选出一个配角，写下几组TA们的对话。

205

一百种结局

回忆你看过的作品,记下它们精彩的结局,或自己想象一个结局。
无论是悲剧、喜剧、开放式,还是其他的形式,尽你所能放飞
想象!

207

放空

没错，看到这一页的你，

只需要放空大脑。

无论是梳理你的灵感，

还是记录别的，

这一页留给你，

你想写下点什么都行。

恭喜你！
通过 40 条头脑风暴，
成功收集了满满一袋"剧情灵感锦囊"！
请务必珍藏好哦，
看完这本书你会回来的。

你的专属灵感区

WRITE

梦想
创作园

接下来，
让我们开启锦囊，
自由组合灵感碎片，
创作属于自己的故事。

你的世界观

从前面的灵感中选择或另外想象，设定你小说的世界观。

故事发生在什么样的时期？是现实还是架空？历史还是未来？

地貌如何？气候如何？故事里的地图是怎样的？

此时是怎样的场景？有什么特别的习俗、特点？

……

主角档案

从前面记录的灵感中，选择一个角色作为主角，并且丰富TA的人设。

TA 的样子

姓名   昵称 / 代号

性别

年龄

所在地

长相特征

性格

特长

爱好

口头禅

随身物品

备注

任务指引
请从 P16-P83 挑出你需要的灵感。

配角图谱

在这里，你可以补充完整你小说的人物关系图。

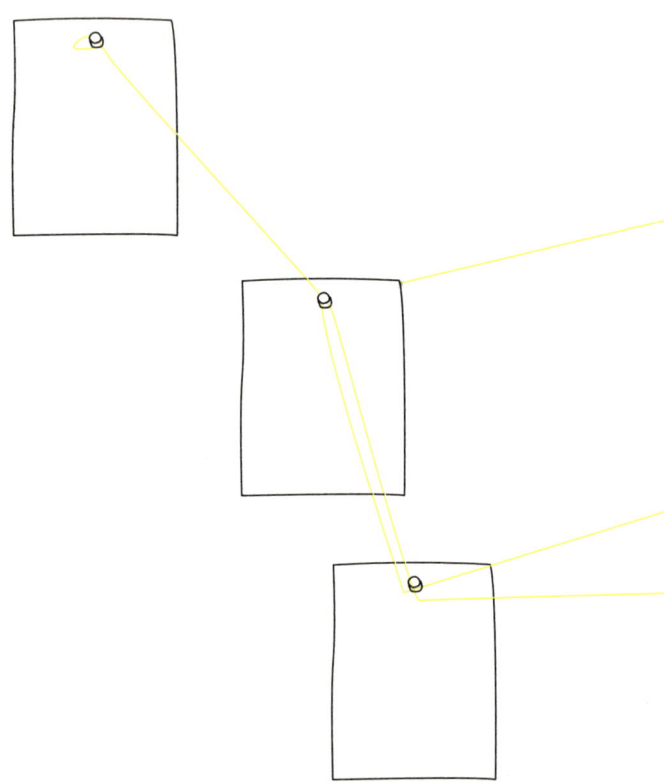

任务指引
请从 P16-P83 挑出你需要的灵感。

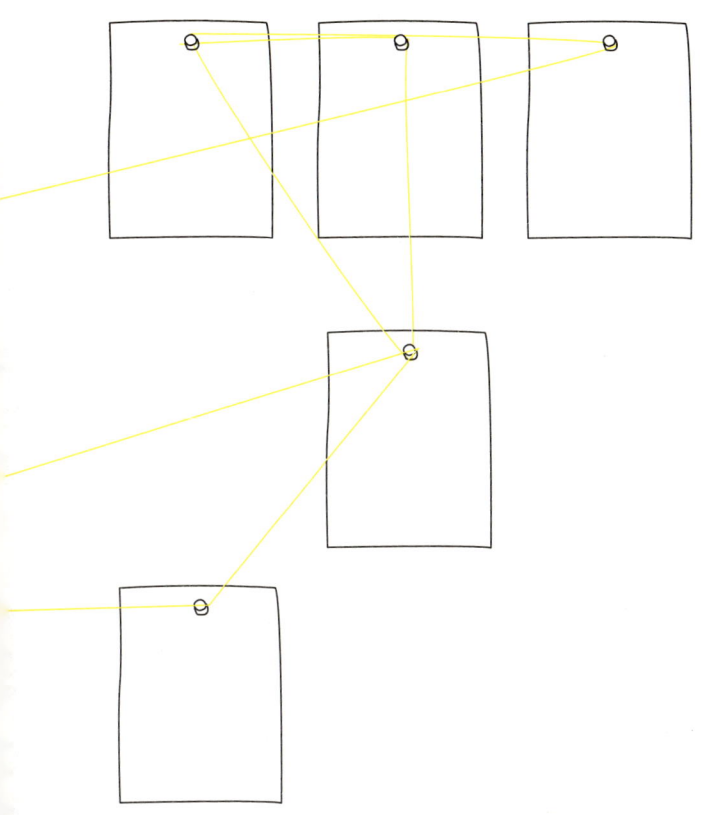

主要配角

在这里设置几个主要的配角，你可以从之前的灵感中挑选出合适的信息，完成TA们的人设。

姓名

性别

年龄

所在地

特长

爱好

随身物品

备注

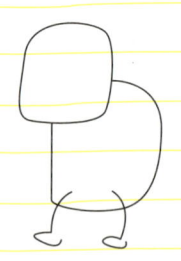

姓名

性别

年龄

所在地

特长

爱好

随身物品

备注

姓名

性别

年龄

所在地

特长

爱好

随身物品

备注

姓名

性别

年龄

所在地

特长

爱好

随身物品

备注

主要配角

在这里设置几个主要的配角，你可以从之前的灵感中挑选出合适的信息，完成TA们的人设。

姓名

性别

年龄

所在地

特长

爱好

随身物品

备注

姓名

性别

年龄

所在地

特长

爱好

随身物品

备注

姓名

性别

年龄

所在地

特长

爱好

随身物品

备注

姓名

性别

年龄

所在地

特长

爱好

随身物品

备注

反派特写

长相特征

身份, 神秘?

身份

性格　　孤僻
　　　　冷傲
　　　　老好人?

技能点

弱点
很关键

口头禅

随身物品

在这里丰富这个反派的具体人设，让TA的形象立体起来。

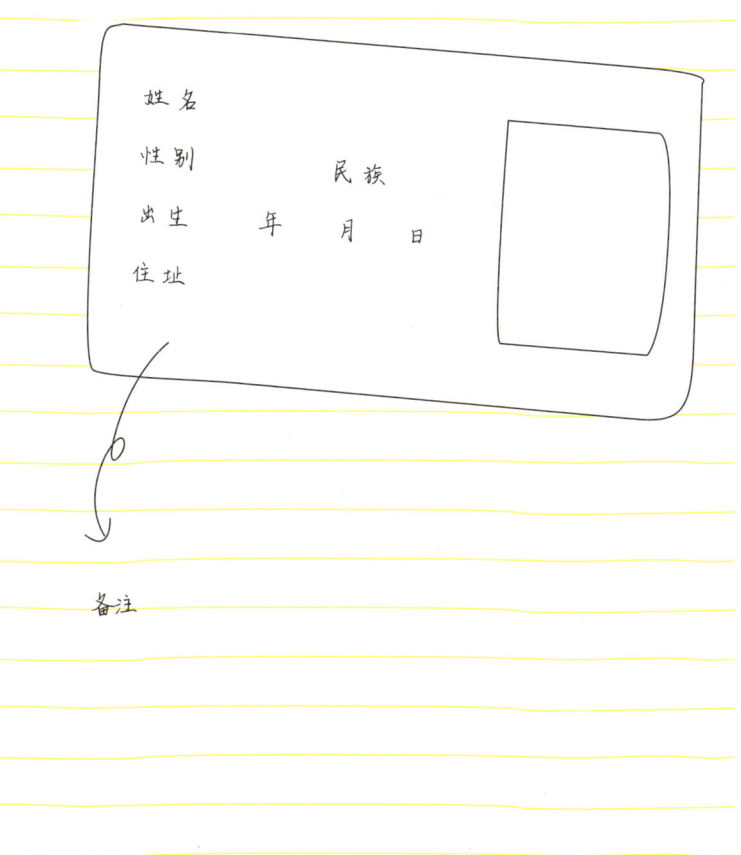

姓名

性别　　　　民族

出生　　年　月　　日

住址

备注

人生大事记

在这里建立起主角的人生时间线。

从前面的灵感中选出你最有话可写的事件，标在人生轴上面，丰富你的人生。

至于跨度嘛，你开心就好，可以是从出生到死亡，也可以是你故事的开端到结局。

事件便签夹

你可以把重大事件记在下方的便签里，以便提醒自己。

○ 毕业？

○ 初恋？

○ 交通事故……

○ 突发事件

任务指引
请从 P148-P206 挑出你需要的灵感。

目标与挫折

这里已经标出了主角的起始点和最终点，分别对应他最初的位置和最终要达成的目标。请在中间画出一条他的经历线，并在中间选择几个转折点，作为TA经历的挫折和动荡。你可以想想，需要设置几次转折？是不是层层递进的？

从前面的灵感碎片中随意挑选出需要的信息，标在图上。

231

精彩高潮

设计一段故事的高潮部分。想一想，冲突是什么？最精彩的点在哪儿？如何开始的？又是怎么结束的？发生了什么？

无论你是从前面的脑洞题中选择几个事件，还是根据之前的灵感碎片另写都行，按你喜欢的方式来演绎。

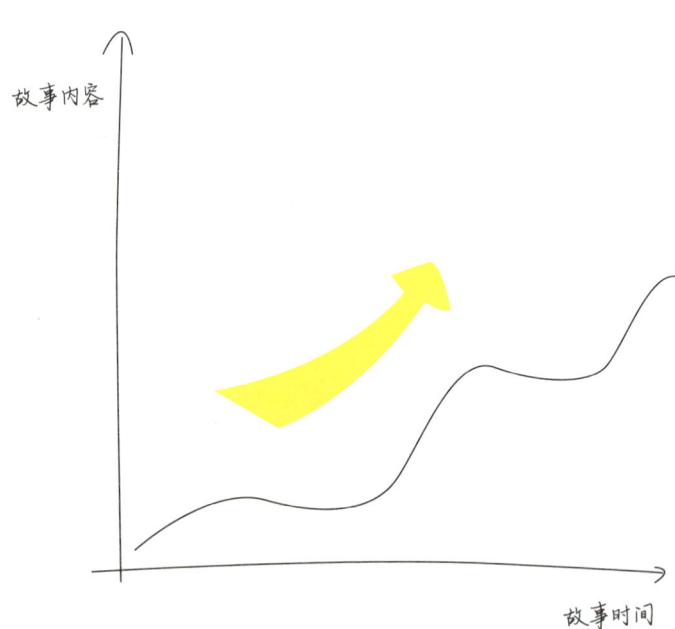

故事内容

故事时间

233

故事结尾

从前面的灵感碎片中，选择出一个你最喜欢的结尾，在这里完善它。

235

彩蛋环节

设计出一个你最有小心机的彩蛋，可以是某条隐藏支线，可以是某个反转，可以是第二结局……

237

创作园区

把丰富的灵感碎片拼合起来，在这里创作属于你自己的故事大纲吧。

239

☀ ☁ 0,0 ● Mon Tues Wed Fri Sat Sun

244

245

包装你的创作礼物

DREAM

梦想的礼盒

为灵感创作再润润色，
包装起来，
这是你献给自己的礼物。

人设图鉴

在这里收集你故事中的人物形象，无论是自己画、剪贴还是什么方式。

粘贴处

粘贴处

粘贴处

粘贴处

粘贴处

粘贴处

粘贴处

粘贴处

粘贴处

251

书名

为你的小说取个名字。你可以先想出一些备选，再和朋友一起挑选出最好的。

书名 1 　　正

书名 2 　　下

书名 3 　　丁

下　　书名 4

一　　书名 5

下　　书名 6

设计封面

为你的小说画上封面, 你可以多设计几款, 如果愿意的话, 还可以给朋友们看看, 一起选出最完美的一张, 剪下来贴在封面上。

来, 先出几个飞机稿~

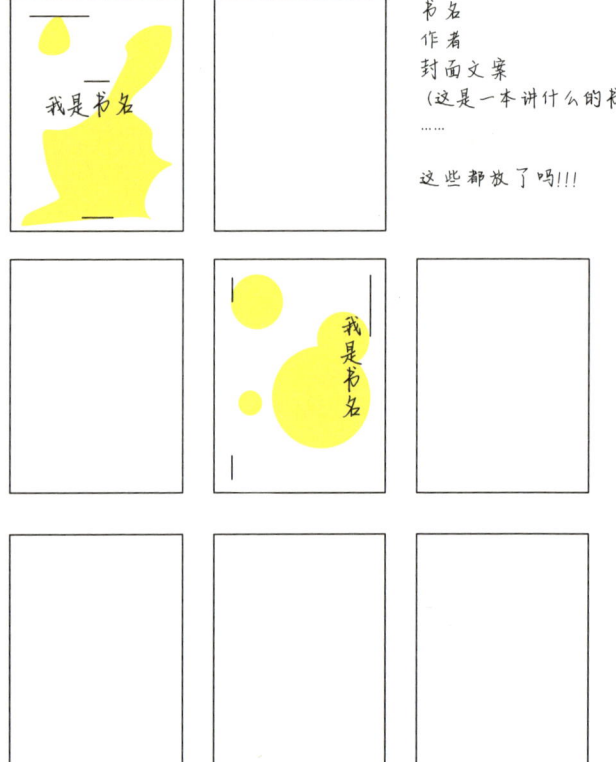

书名
作者
封面文案
(这是一本讲什么的书)
……

这些都放了吗!!!

体验一下设计师的日常,
选定一种放大吧!

封面

256

封底

试试封面立体和工艺

再来个展开封面

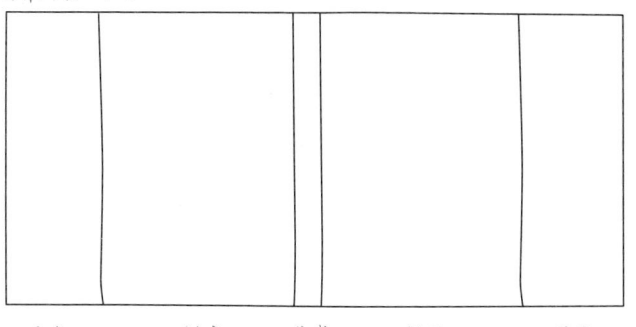

后勒口　　　封底　　　书脊　　　封面　　　前勒口 257

写给自己的话

在这里，你可以对自己说一段话，无论是创作小说的体验，小建议，或者夸夸自己都行，尽你所想。

258

或者找第一个读者

写一段推荐文字吧!

259

书名

作者：
出版年月：
页数：
定价：
装帧：
ISBN：

综合评分
☆ ☆ ☆ ☆ ☆

分类评分
奇思妙想　☆ ☆ ☆ ☆ ☆
背景人设　☆ ☆ ☆ ☆ ☆
情节安排　☆ ☆ ☆ ☆ ☆
思维逻辑　☆ ☆ ☆ ☆ ☆

想读　**在读**　**读过**　　评价　☆ ☆ ☆ ☆ ☆

短评 ‥‥‥‥‥‥‥‥　（全部　条）
热门 / 最新 / 好友

选择一位你愿意把这本
书交给TA翻阅的知心者，
为你的灵感笔记打分。

261

做个梦给自己，
留下你的足迹。
和这本书一起，
珍藏每一次灵光乍现。
其实每一个梦想，
都能起飞。

图书在版编目（CIP）数据

白日梦想家／嗨迪 著．

一武汉：长江出版社，2019.9

ISBN 978-7-5492-6682-1

Ⅰ．①白… Ⅱ．①嗨… Ⅲ．①小说创作－通俗读物　Ⅳ．

①I054-49

中国版本图书馆 CIP 数据核字（2019）第 205705 号

白日梦想家 / 嗨迪 编著

出　　版　长江出版社
　　　　　（武汉市解放大道1863号　邮政编码：430010）
选题策划　漫娱　刘清芸
市场发行　长江出版社发行部
网　　址　http://www.cjpress.com.cn
责任编辑　陈　辉　江　南
特约编辑　陈雪琰
总 编 辑　熊　嵩
执行总编　罗晓琴　　　　　　　　开　　本　890mm×1194mm 1／32
装帧设计　李　婕 黄　容 刘诗怡　印　　张　8.25
印　　刷　深圳市精彩印联合印务有限公司　字　　数　160 千字
版　　次　2019年9月第1版　　　　书　　号　ISBN 978-7-5492-6682-1
印　　次　2019年9月第1次印刷　　定　　价　36.00元